決定版　女人源氏物語　五

瀬戸内寂聴

集英社文庫

目次

決定版

女人源氏物語

幻

まぼろし

光源氏(ひかるげんじ)の侍女中将(ちゅうじょう)の君(きみ)のかたる

紫上(むらさきのうえ)さまがお亡くなりになられてからの六条院(ろくじょうのいん)春のお館は、限りない悲愁に包まれてすべての人々が茫然(ぼうぜん)と過ごすうちに、はやその年も暮れてしまいました。

この上なく春を愛されたお方だけに、新しい春を迎えても、何かにつけ紫上さまを思い出されることばかりで、ことごとく涙を誘われます。

とりわけ光君(ひかるのきみ)さまの御落胆の御様子は傍目(はため)にもおいたわしくて、お慰めのしようもありません。

紫上さまの御病気以来、信じられないほどのお見限りようで、どの女君(おんなぎみ)のもとにもぷっつりとお訪ねしなくなられたのでした。ましてお亡くなりになってからは、いっそうひとりをお守りになり、明けても暮れても御仏前に坐(すわ)りつづけていらっしゃいます。涙にくれまどっていらっしゃるお姿は、それはまたそれでかえってなまめかしく、お側(そば)に侍(はべ)るだけでわたくしなどは、不思議な安らぎをいただけるのでした。

御不幸があって以来、正体もないほど嘆き悲しまれるお姿を、人目にさらしたくないとお考えになり、ずっとわたくしども女房のいる奥向きにお過ごしになられるのが、わたくしにはもったいなく、嬉(うれ)しいのでした。

御仏前には常に人少なになさり、せいぜいわたくしや中納言(ちゅうなごん)の君(きみ)だけを侍らせて、しめやかなお勤行(つとめ)をあそばすのでした。わたくしどももふたりは、亡きお方にとりわけお目をかけていただいたので、御逝去を悲しむ心は人にひけはとらないつもりですけれど、光君さまの身も世もない御悲嘆ぶりを拝すると、嘆きの深さはとうていそのお足許(あしもと)にも及ばないと、反省させられるのでした。

お亡くなりになった前後のことを飽きず繰り返し思い出されては、お話しなさるのでした。そのため、月日が過ぎていっても、いよいよ鮮明に、御臨終や御葬送の場面が心に刻みこまれます。

忘れもいたしません。あれは去年の八月十四日のことでした。明石(あかし)の中宮(ちゅうぐう)さまが御所から下がられ、御病床をお見舞いあそばされた日のこと。珍しく御気分がよいとおっしゃって、中宮さまの御前で脇息(きょうそく)によりかかり前栽(せんざい)の草木にお目

をとめていらっしゃいました。そこへ光君さまがお越しになり、

「ほう、今日はよく起きておいでになりますね。中宮さまの御前だと、御気分も晴れやかになられるのですね」

と、弾んだ声でおっしゃいました。

お三人でしみじみとお歌を取り交わされたその後のことでした。

「恐れ入りますけれど、どうかもう、お引き取りあそばしてくださいまし。気分がひどく悪くなってまいりました」

と、おっしゃって几帳を引き寄せて横になられた御様子が、さっきまでよりよほど弱々しく頼りなく見えたので、中宮さまが御心配そうに、お手をおとりになり、どうなさったのかと覗きこまれました。そのまま、今にも消えゆく露のようにはかなげになられ、今は御最期と様子が急変しましたので、たちまち騒然となりました。以前にもたびたびこんなことがあり、愕かされた後に蘇生された例もありましたので、夜一夜御修法の限りを尽くされましたが、その甲斐もなく、夜の明ける頃に、はかなくなってしまわれたのでした。

わたくしども日頃もったいないほど可愛がっていただいた女房たちは、悲しみのあまり誰一人正気らしい者もなく泣き惑うばかりでした。まして光君さまは気もそぞろの御様子の中から必死に気を強くもとうとなさり、お側近くにお見舞い

になった夕霧大将(ゆうぎりのたいしょう)さまを几帳の側に呼び寄せられ、

「出家をあれほど望んでいたのに、叶(かな)えてやらず逝(ゆ)かせるのがいとおしい。仏の御功徳(おんくどく)に、今はせめて冥途の闇を照らしてくださるようお頼み申したいから、剃髪(ていはつ)の用意をさせてやってください。まだそれのできるしっかりした僧侶が残っているだろうか」

と、お命じになられました。

「お心通りにしてさしあげられるのは、結構なことですけれど、もうすっかりこと切れておしまいになってからお髪(ぐし)だけを落とされても、格別功徳にならないのではないでしょうか」

と、夕霧さまは分別らしくおっしゃりながら、残っている僧たちに、あれこれ葬儀のことなどお指図なさるのでした。わたくしどもが度を失って泣き惑うのを、

「静かに、落ち着きなさい」

とたしなめられながら、夕霧さまはつと、几帳の端を引き上げて、近々とおなきがらをさし覗かれました。ふだんなら決してそんなことを許されるはずもないのに、光君さまも動転していらっしゃるせいか、おなきがらをかくそうともせず、

「こんなにまだ生きているとしか見えないのに、もうはっきり死相があらわれてきた」

とお袖を顔に押しあててお泣きになるのでした。お髪をつくろうことさえ誰も気づかずそのままにされているのが、ふさふさと清らかにあたりいっぱいひろがり、一筋のもつれもなく灯(ひ)の光に艶々と照り輝いて、目もくらむほど鮮やかなのです。漆のようなお髪の中に、透き通るような鬱金桜(うこんざくら)色のお顔が浮かんで、螺鈿(らでん)をちりばめたように見えるのが、美しいとも清らかとも形容の仕方もありません。

御生前の隙もなく気を配って取りつくろっていらっしゃった御様子よりも、全く意識をなくされた無心な御様子で頼りなく横たわっていらっしゃるお姿こそ、限りなく美しく、言葉もありません。

夕霧さまはそのおなきがらを、涙をぬぐいもなさらずさし覗かれ、そっと御自分の膝のあたりまで流れていたお髪の端を袖のかげで握りしめていらっしゃいました。たまたま、そのお手の横に打ち伏して泣いていたわたくしの目に、お髪を握りしめたり、そっと撫(な)でられたりする夕霧さまの怪しいしぐさが映ったのでした。

御生前、お顔を合わされたとも思えないだけに、おなきがらになってはじめての御対面でも、これほどお心を捉えられたのかと、おいとしくも、浅ましく、複雑な想(おも)いが湧いたことでした。でもあれは、もしかしたら気が動転していたわたくしの、目の誤りだったのかもしれません。

その翌日十五日の暁方に、ともかく御葬送のことが執り行われました。あのまたとない美しいすぐれたお方が、ただ一筋のはかない煙になって晴れた空へ立ち上ってゆかれるのを見て、声をあげ泣かないものがいたでしょうか。

帰りの車から、悲しみのあまりともすればまろび落ちそうになる女房たちを、車副いの人たちが、そうはさせまいと介抱に手を焼いておりました。

お悲しみのあまり、もしものことがあってはと心配で、光君さまの御寝所の傍らに、わたくしはずっと夜伽に侍っておりました。

夢の中にも、呻き声をあげられたり、涙を流されたりなさる光君さまを夜通し見守っておりますと、おふたりの御仲の只ならぬ宿世の御縁の深さが思い知らされて、おいたわしさはひとしお身にしみてくるのでした。

わたくしにはすっかり気を許していらっしゃるので、光君さまは外聞も忘れて、ひたすらお泣きになったり、くどくどと返らぬ愚痴をこぼしたりなさいます。

「こうなっては一日も早く出家して、昔からの本意を遂げたいと思うけれど、あの人に先立たれた悲しみゆえの出家だと、後々の世まで女々しさを取り沙汰されるのも恥ずかしいし……」

などしみじみお打ち明けになることもありました。

これほどのお方に、死んだ後、これほど嘆いていただける紫上さまは、女の中でも最高のお幸せなお方ではないかと羨ましくさえなりました。

紫上さまは女として幸いに輝いていらっしゃる時にも、少しもおごり高ぶったところがおありでなく、身分の低い者にもこまやかな思いやりをお見せになり、世間の評判はこの上なくよく、奥ゆかしくて気転もきき、朗らかなところもおありで、ほんとうにあのような完璧な女君も、いらっしゃるものではありませんでした。

それほど縁のない人々でも、憧れお慕い申しあげるのですもの、ましてお側近くで長年お仕え申した女房たちは、もう魂もぬけはて、生きる張りも失い、出家して早々と尼になってしまう者も、山奥に逃れ去る者も、次々あらわれる始末です。

格別の御愛顧を頂戴していたわたくしとて、同じ思いですが、

「わたくしの死後は、しっかり光君さまのお側にお仕えして、何もかもわたくしのしていた通りにこまやかに面倒をみてさしあげておくれ。これがわたくしの遺言ですよ。きいてくれないと、怨(うら)みますよ」

と、おっしゃっていただいたお言葉にそむくこともできず、光君さまに日夜お仕えしているのです。

年が明けても、六条院では例年のように華やかな管絃(かんげん)の催しも一切なく、淋(さび)しい極みの春です。

わたくしたち女房も、墨染めの色濃い喪服を着て、悲しみの色は改まりようもありません。

光君さまは絶えて他の女君をお訪ねすることもなくなり、いつでもこちらにばかりいらっしゃるので、お側近くでお仕えできるのがせめてもの慰めと思うほかありません。

時々、夜一夜、紫上さまをしのばれてお眠りになれなかった朝とか、ひとしおお淋しさの身にしむ夕暮れなどには、中納言の君やわたくしのほか、とりわけ可愛がっていただいた女房たちをお側近くに集められて、しみじみ亡きお方の思い出話をなさるのでした。

「わたしは現世の果報からいえば、不足をいっては勿体(もったい)ないほど高貴な身分に生まれながら、一方では、世間の人よりは格別不本意な運命に翻弄されてきたような気がする。仏がこの世のはかなさや苦をつぶさに知らせようとはかられた宿命なのかもしれないね。それをわざと気づかぬふりをして出家もせずにこれまで生き永らえてきたので、こんな一生のたそがれ時になって、悲しみの極みを味わわされ、宿世のほども自分の心の至らなさもすべて見極め思い知らされたようだ。

こうなってかえって心が落ち着き覚悟が定まったようにも思う。今ではもうなんの心のほだしになる未練もなくなったから、いつ出家してもいいのだけれど、こうして亡き人の思い出など語り合い、一緒に泣いてもらい、前よりいっそう身近く感じるそなたたちと、いよいよ別れてしまうのかと思うと、その時の淋しさ辛さが思いやられてたまらない。それにしても我ながらなんという思い切りの悪さだろう」

などおっしゃり、涙をかくしきれずにいらっしゃるのを見ると、わたくしたちもたまらなくなって、涙をせきとめることもできません。中納言の君などは時折、昔のことを思い出して、その折々の光君さまの御記憶をよびさまそうとしたりします。

「そんなに紫上さまを熱愛していらっしゃりながら、どうして時々お苦しめになるようなことをあそばしたのでしょうね。あの折々の紫上さまの、じっと悲しみをこらえていらっしゃった御様子が忘れられませんわ」

中納言の君はわたくしのような若輩とはちがい、年もずっと上で、長くお二人に信用されお仕えした人だし、女房の中でお手つきになった年月も一番長いので、時々、光君さまにもはっとするほど遠慮のない口調でものをいうこともあるのです。

「朧月夜尚侍や、朝顔の斎院のことをいうのだろう」

「ええ、それももちろんですけれど、なんといっても女三の宮さまの御降嫁の時のことは、今思い出しても胸が痛くなります。あんな御聡明なお方ですからお顔色にはつとめてお出しにならなかったけれど、あなたさまがあちらにお泊まりの夜などは、御帳台の中から耐えきれないすすり泣きのお声が洩れたりして、わたくしたちも、もらい泣きしていました」

「あの頃ですわね、しきりに出家したいとお口に出しておっしゃっていたのは」

「そうそう、いつかほら、雪の降った暁方に、女三の宮さまのお許から光君さまがお帰りになった時、あんまり憎らしいので、わたくしたちで妻戸を内から閉めてしまって、なかなか開けておあげにならなかったことがありましたわね」

「そうだったね。あの朝の寒さは骨まで凍るようで忘れない。そなたたちに意地悪されてひどい目にあったものだ」

「あの時だって紫上さまは夜通しずうっと、こっそり泣いていらしたのに、さりげないふうにお迎えあそばしましたわね」

「覚えているとも。あの人が軀の下に敷きこんでいた袖が、涙でぐっしょり濡れていた」

言いさしながら、光君さまは涙にむせばれて言葉も続かない御様子なのです。

何を見ても話しても、思い出はすべて紫上さまにたちかえっていくので、涙のかわく閑もありません。

そんなお話の後でも思い立たれると、お手を清めてお勤行をなさいます。わたくしたちは埋み火をかきたてて、火桶をさしあげるのでした。

わたくしは女房たちの中でも幼い時からずっと、紫上さまに特別お目をかけて可愛がっていただいたのに、いつのまにか人目を忍んで光君さまのお情けを受けるようになってしまいました。そのことが紫上さまに申しわけなく、辛く、つとめてそういう機会をさけるようにして、光君さまには深くも馴れ親しんだわけではないのです。おそらく、そうなったことも紫上さまは御承知であったと思われますのに、かえって、わたくしの辛い立場に同情してくださり、冷たい態度などみじんもお見せにならないのでした。

それがどんなに悲しかったことでしょう。中納言の君はそんなわたくしに、

「中将の君はまだそんなに若いから苦しむのね。わたしにだって、昔はあなたのように心の傷つきやすい日もあったわ。でも、どうせこういう勤めの女房の立場なんて、多かれ少なかれ、こんな苦労はつきまとうものですよ。外見は華やかだけれど、気苦労は多いし、殿方はわたしたち女房は手折り捨てにしていい存在だと決めているのだもの。お仕えする御主人が亡くなられたり、悲運になられると、

それっきり女房の運も幸運から見放されるという存在ですよ。分相応な男を早々と見つけて、受領の妻くらいのところに身を落ち着けるのが賢明というものね。わたしなんかはもう、今更どうしようもないけれど、あなたはまだ若いんだもの、光君さまの慰め役で一生をすますのも考えものね」

など、親切に忠告してくれたりします。でもその言葉の裏には、もうこの頃では六条院のどのお方のところにもいらっしゃらないで、時たま、わたくしだけをお閨に呼ばれることへの、嫉妬の気持がかくされていると思います。

今では、紫上さまの御在世の時のような辛さは感じません。すっかり気落ちがして、泣いてばかりいる光君さまが、もう昔ほど怖くもなく、呆けてしまって、なんだか急にお年を召したように見える日などあると、抱きかかえて背を撫でてさしあげたいようにいとしく思うこともあるのです。

「そなただけだ。あの人がとりわけ可愛がっていたと思うと、頭の先から足の先までそなたが可愛く思われてならない。あの人のお側に長くいたせいか、そなたのふとした表情やしぐさにあの人がまざまざと感じられる時があるのだよ。匂いまで、なまなましくあの人を思い出させてくれる」

そうおっしゃって、わたくしの乳房の渓にお顔を埋められるのです。光君さまの愛撫を素直に受けることは、今ではわたくしにとっては紫上さまの御遺言に従うことと心得ています。そう思うからこそ中納言の君や他の女房たちの嫌味などは聞き流してしまえるのです。

光君さまはこの頃では、もうお見舞いに訪れる親しい上達部(かんだちめ)や御兄弟の宮さまにさえ、お逢(あ)いにならないし、夕霧大将さまにさえ、御簾(みす)をへだてて御対面なさる有様です。

「すっかり悲しみで呆けてしまった情けない姿を、人の物笑いの種にしたくない。愚かなまちがいをしでかして死後にも悪名を残すのは困る。かといって、引き籠もってばかりいては、悲しみに呆けてしまって誰にも会わなくなってしまったのだと噂(うわさ)されて同じことだろう。それでも現実に呆けた姿を人の目に曝(さら)すよりはみじめさがましだろうか」

などおっしゃるのを聞くと、あの晴れやかで光り輝いていたお方がと、悲しくてなりません。御自分でおっしゃるほど呆けてなんかいらっしゃらず、悲しみに沈んだお姿がまたなんともいえないほどしっとりとしてお美しいのです。口癖のように出家したいとお洩らしになるものの、恋しい人を失った悲嘆のあまりの出家と、世間に思われるのがお嫌で、世間が紫上さまの死を少しでも忘れかけるまでは、このままでいようとこらえられ、ひと思いに出家はなさりそうもないのでした。

わたくしたちにうながされて、たまさか、六条院の女君たちを見舞われることもおありでした。

そんな時は、帰っていらっしゃると、かえって紫上さまと女君を比較なさって、味気ない思いを深めたと述懐なさるのでした。

「女三の宮のところに久々に行ってみたら、丁度御仏前で勤行(ごんぎょう)しておられた。さほど深い信心から出家したとも見えないあの人の出家だったのに、今はすっかり世俗から離れた心で、なんのわずらわしさもお心に受けつけず、実にのどかに過ごしていらっしゃる。つくづく羨ましくて、こんな深くもない道心からと見えた女の仏心にさえ自分は立ちおくれてしまったのかと、情けない気持だった。それにしてもあの人は、昔のままにおっとりしているのはいいけれど、人の心に対してこまやかな思いやりのない人だ。紫上はそうではなかった」

などおっしゃるので、お育ちがらでしょうかと、なおくわしくお聞きしたら、光君さまが御仏前の閼伽(あか)の花に夕陽(ゆうひ)がさしそって美しいのにお目をとめられ、

「今年はせっかくの春の花も悲しみでくすんで見えたのですが、こうして見ると、やはり花は御仏前に捧(ささ)げられると何より美しく見えますね。今、東(ひがし)の対(たい)に山吹(やまぶき)が花盛りですが、あの花は上品に咲こうなどいうつもりもないのでしょうが、にぎやかではなやかで、なかなか味わいがあります。植えた人が亡くなってしまった

春とも知らず、例年より花房も大きくたわわに咲いていますよ」

とお話しになると、尼君さまは、

「谷には春も」

と、なんの気もなしにお答えなさったということです。「光なき谷には春もよそなれば咲きてとく散る物思ひもなし」という古歌の心をつぶやかれたのでしょうか。憂き世を離れたわたしには、花が咲こうが散ろうが関係ないことですといわれたようで、光君さまはあまりにも人の傷心に同情がなさすぎると、しらけておしまいになったのでしょう。それにつけても紫上さまは、こんな時でも相手の気持が慰まるような適切なあたたかいお言葉を、いつもさりげなく用意なさっていられたと、また涙ぐまれておしまいになるのでした。

女三の宮さまが御出家あそばす前後のことを思い出すと、尼君になられた今、そういう御返事をいただいても怨みに思えない辛いお仕打ちを光君さまがなさったことなど思い出されるのですが、やはりそこまではお気の毒で申しあげられないのでした。

またの夕べには明石上をお訪ねになって、夜が更けきってもお帰りがないので、ああよかった、久々で心ゆきとどいたこまやかなお世話をお受けになって、あちらでお泊まりになるのだろうと思っていましたら、深夜も過ぎて悄然（しょうぜん）とお戻りになり、びっくりさせられてしまいました。

「まあ、お泊まりだとばかり思っていましたのに」

「あそこでは、さすがにこまごまと気を配ってくれて、わたしの愚痴を飽きもせずよく聞いてくれた。ちょっとした返答や感想なども、わたしの傷心をやわらかく真綿で包みこむようなやさしさで、ずいぶん慰められて、ついつい時を過ごしてしまった」

「お引きとめなさったでしょうに……」

「全く久しぶりに、泊まってもいい雰囲気だったのに、いざとなると、やっぱりここへ帰りたくなってしまった。亡き人は明石上とも晩年は打ちとけてずいぶん仲よくつきあっていたが、昔は誰に対してよりも深く嫉妬して、長い間そのことで苦しめたのを思い出すと辛くなってしまったのだ」

お腰や脚をおさすりするわたくしのほうにつと向き直られ、引き寄せられて、

「あの人の可愛がっていたそなただけが、今あの人に許されているような気がする。そう先は長くないのだから、その日まで見捨てず傍（そば）にいておくれ」

など心弱いことをおっしゃるので、お返事もできないほど、わたくしまで泣きむせんでしまいます。

明石上は今ごろ、どんな淋しい味気ない想いで悶々（もんもん）としていらっしゃるかと思

うと、その御心中が察しられて、いつものようには光君さまの愛撫にすぐにはとけこんでいけないような気分になるのでした。

明石上は、光君さまが出家したいと洩らされた時、

「世間を見ましても、誰でもそうなかなか心の執着を捨てきって、出家できるものではないようです。まして、御身分がらどうしてそうやすやすと御出家がおできになれましょう。昔から、何か心をゆさぶられるような事件が因で出家するのはよくないことのようにいわれております。やはり、もっと時機をお延ばしになって、御孫の宮さま方が御成人あそばし、せめて一の宮が東宮に立たれるのをお見とどけあそばすまでは、このままでいらっしゃってください。わたくしもそのほうがどんなにか嬉しゅうございましょう」

と、お慰めになられたそうです。

全くそつのないお言葉で、そう言ってほしい光君さまの御本心を底まで見ぬかれての模範的なお返事です。紫上さまがお聞きになったら、

「できすぎて嫌味だこと。女はどこか一点抜けているほうが可愛くて魅力的なのよ」

と、ちくりと御批評なさったかもしれません。

それにしても、もうあのような何もかも理想的に揃ったお方は、二度とあらわ

れないのではないでしょうか。

「昔、藤壺の宮がお崩れになった春は、そなたはまだ物心もつかない幼い時なので何も知らないだろうが、あまりの悲しさに『桜も心あらば墨染めに咲け』と心の芯から思ったものだ。誰もが世にもお美しいと賛仰していたお姿が、わたしには幼い頃から瞳に焼きついていて、顔も覚えない時に亡くなった母と生き写しという噂を聞くと、いっそう慕われてならなかったから、御臨終の時の悲しさは、人と比べものにならなかった。別離の悲しさというものは、愛情の深浅だけでは計られないようだ。長年連れ添った紫上に先立たれてあきらめようもなく忘れられないのも、単に夫婦だったからというわけではない。あの人を幼い時から手許に引き取り育ててあげた時のあれこれの思い出や、互いに寄り添って暮らしていた晩年に思いもかけずひとり取り残されてみて、あらゆる過去が先立った人の思い出とからみあって次々思い出されるのがたまらなく辛いのだろう。もののあわれも、表向きの行事も、愛情の面も、あれやこれや、思い出の広く深いのが、別離の悲しみを深める原因になっているように思う」

と、しみじみ話されるのでした。

おだやかな花散里のお方は、衣替えの夏衣裳を例年のようにお心を尽くしてお仕立てになり、お届けくださいました。お優しいお歌がつけられていて、御返歌の筆をとられるお顔も久しぶりに和やかにお見受けいたしました。

こうしてみると、どんなに愛しあった仲でも、所詮、人は別れ独りになるのだと思われ、男女の間の激しい恋の喜びも悲しみも、つくづくはかないことに思われます。

愛別離苦(あいべつりく)のこの世の苦しみは、身分の高下に関係なく、ひとしなみに人の上に襲うものと、今更のように感じられるのです。

女房になって宮仕えや高貴なお邸(やしき)にお仕えなどするものでないと、よく古参の女房たちがこぼしていた言葉も思い出されます。

一応華やかに見え、誰もが憧れる宮中や貴族のお邸に上がって、普通なら、身近に仰ぐことさえできない主上(しゅじょう)やお妃(きさき)たちや、大臣方を目(ま)の当たりに拝するまばゆさは、目もくらみそうですけれど、女房などはどうせ摘まれ捨てにされ、浮気な殿御の快楽の玩具(おもちゃ)にされて、飽かれ捨てられるのがおちのように思います。

捨てられたら、また平気で次の情人を通わせるのが当たり前という生き方は、惨めで哀(かな)しくなります。わたくしは幸いよい御主人さまにお仕えして、身に余るほど可愛がっていただき、人にも羨まれるようにもったいなく過ごしてきましたけれど、男から男へ渡り、いつの間にか身をかくし、どこでどうしているのやら、噂もきかなくなってしまった女房たちの行く末も幾人も見てきました。

中には、そういうはかない暮らしぶりに、ふっつりと見限りをつけ、ある日、突然爽やかに出家して、山深く身をかくしてしまわれた人もあります。お仕えしていた御主人が亡くなったり、不幸になられた後は、またお主替え(しゅうが)をして奉公をつづける向きもありますが、それも惨めで、ああはなりたくないと思います。

光君さまの日頃の愚痴を聞き、お慰めしているうちに、誰にも言えないことですが、どうしてこのお方は、いつまでも未練らしく言い訳ばかりつくって、御出家を引き延ばされるのかと苛々(いらいら)してくることがあります。もちろん、そんな気持はひたかくしにして、言葉はできるだけやさしくお慰め申しあげておりますけれど。

光君さまの逡巡(しゅんじゅん)に比べたら、なんと女君たちの御出家は潔く爽やかでお見事だったことでしょうか。

心が単純で思いやりがないと、光君さまが常に非難なさる女三の宮さまだって、出家の際にはしかとした道心もなかったのになど、どうして光君さまがおっしゃられるのでしょう。

明石上は迷うことが思慮の深さなど調子のいいお慰めをしたようですが、わたくしはそうは思いません。結局、光君さまは、この世にまだ未練がおありなのだと思います。この世の何がこれほど、このお方の心を引きとめるのでしょうか。

そなたのからだのやわらかさと熱さだなど、閨の中では調子のいいことをおっしゃいますが、そんなことは信じられません。わたくしに今なおたわむれられるのは、寒い時にわたくしが埋み火をかきたてて火桶をさし出すと、思わずぬくもった桐の火桶の胴にお手をのばされるようなものだと思います。

でも、わたくしはそれでいいのです。紫上さまの御遺言だけを忠実に守り、光君さまが御出家あそばすか、紫上さまのお許に往かれる日までは、お仕えし、その後はこういう御奉公はきっぱりとやめ、丹波のほうにいる身よりを頼って、田舎住まいをし、分相応の夫をみつけて質素に暮らしたいと思っているのです。

賀茂の祭にも光君さまはひっそりと閉じ籠もられ、女房たちも祭の賑わいなど、前の世の思い出のようにはるかにしのんで、垂れこめて暮らしました。

「里に帰って祭見物をしてくるがよい」

などお気を使ってくださるのですが、誰も彼も張り合いのぬけた様子で、お暇をいただく者もないようでした。

所在なさに、東廂でついうたた寝しておりますと、いつの間にかごく身近にいらっしゃって、わたくしのはしたない寝姿を見ていらっしゃったらしく、ふと目を覚ますと、お目があったので、あわてて起き上がりました。恥ずかしさに寝起きの顔を袖でかくし、乱れた髪をとりつくろい、脱ぎ捨ててあった裳や唐衣を

あわてて引き寄せそそくさと身にまといつけました。その間に誰かが置いていった葵（あおい）を手になさって、

「なんという名だったかな……この名も忘れてしまった」

とつぶやかれるのです。ほんとに呆けておしまいになったのか、御冗談なのか見当もつきかね、

「さもこそはよるべの水に水草（みくさ）ゐめ
　けふのかざしよ名さへ忘るる
今日の祭の挿頭（かざし）の葵（あふひ）（逢う日）の名さえお忘れとは……どうせわたくしのことなど忘れて見向きもしてくださらないのでしょう」

と申しあげました。光君さまはお笑いになって、

「おほかたは思ひすててし世なれども
　あふひはなほやつみをかすべき」

など口ずさまれ、わたくしを引き寄せられるのでした。

そんなことが稀（まれ）にはあっても、長い五月雨（さみだれ）も、垣根の撫子（なでしこ）も、蛍の光も、ものみなすべて、光君さまには悲しみの種になるらしく、魂がぬけたようにぼんやりと影のように坐っていらっしゃることが多くなりました。

七夕（たなばた）の星影も涙を誘うようすがで、

「よくぞまあ、今日まで永らえてきた月日よ」

など、しんみりひとりごとをつぶやかれていらっしゃいます。

一周忌の御命日には、御生前亡きお方が御用意あそばしておいた曼陀羅(まんだら)の供養をなさいました。いつもの宵のお勤行(つとめ)に、お手水(ちょうず)をさしあげますと、わたくしの扇にお目をとめられ、

「君恋ふる涙は際(きは)もなきものを
　今日をば何のはてといふらん」

と拙く書きつけてありましたのを御覧になり、

「人恋ふるわが身も末になりゆけど
　のこり多かる涙なりけり」

と、お書き添えくださいました。

五節(ごせち)も過ぎ、今年も木枯しが淋しく吹きあれ、年の瀬もせまった頃、たくさんの文反古(ふみほうぐ)を取り出され、すべて焼かせておしまいになりました。あの須磨(すま)へ、紫上さまが送られたものは別にひとまとめにして大切にされていられたのさえ、煙とされたのは、ついに御出家の覚悟をお定めになったのかと拝されました。

さまざまな美しい色の紙に書きつけた美しい墨の跡が、炎になめられ灰になっていくのをじっと見つめていらっしゃる横顔は、さすがに気高くお美しく、光に

つつまれているようで、われ知らずそのお姿に向かってひざまずき合掌していたことでございます。

夕映え

★

ゆうばえ

光源氏の侍女中納言の君のかたる

光君さまがおかくれあそばしてから、世の中は陽の光がかき消えたような淋しい暗い感じになりました。

長い念願の御出家をお遂げになり嵯峨のみ堂に御隠棲あそばされてから、三年とたたずおかくれになられてしまったのです。

御出家あそばした時、女房の中では最後までお可愛がりになっていた若い中将の君が、いさぎよく剃髪して嵯峨院までお供したのは見事でした。もちろん、わたくしも一番長い間光君さまのお情けをいただいた女房なのですから、出家して御最期までお看取りする覚悟でございました。光君さまはその心をお察しになり、

「そなただけはどうか六条院に残って、若い女房たちの躾をしてやっておくれ。

わたしや紫上の暮らしていた頃の、あの華やかさと品の高さを失わないよう、若い主人たちを指導してやってほしい」

と涙まで浮かべておっしゃるものですから、心ならずも髪を落とすこともなりませんでした。

光君さまにもわたくしにも内密に、中将の君が剃髪して挨拶に来た時はおどろきました。

「中納言の君さま、若輩の身であなたさまをさしおいてこんな勝手なことをして申しわけございません。光君さまは、中納言の君さまをお扶けして六条院に残るようにとおっしゃいますが、お淋しい嵯峨の勤行三昧の御生活に、せめて閼伽の水なと取りかえるお手伝いをさせていただきたく尼になりました。どうか嵯峨へお供できるよう、あなたさまからもお取りなしくださいませ」

と泣きつかれたのです。小柄な可愛らしい人でしたが、尼そぎの髪が豊かすぎ、肩のあたりで扇のようにひろがっているのが、かえって童めいてはなやかに見え、鈍色の衣とそぐわないのが妙な色気を感じさせます。この人への光君さまの最後の御寵愛に、内心嫉妬したりした自分が恥ずかしくなりました。

口添えというほどでもありませんが、中将の君の純情をめでて、あえて嵯峨へのお供をとお願いしてあげました。光君さまは、お口では強がりはおっしゃって

も、本当はお淋しいのがたえられない甘えたところがおありの方ですから、

「まだこれから、さまざまないい夢も見られる若さなのに」

と、つぶやかれながらも、中将の君のお供を快くお許しになりました。

お亡くなりになる直前にも、わたくしをお呼びよせになり、そなたは決して出家するなと命じられ、六条院の行く末を見届けるようにとあらためて御遺言なさいました。

それはもう安らかな御最期でございました。

あれからもうどれほどの歳月が流れ去ったことでしょう。落ち沈んだ陽の光が西の空に七彩の雲を染め、夕映えのほの明かりが、大空いっぱいにたゆたっているように、光君さまの華やかな想い出の光だけで、しばらく世の中にはほの明るさがのこっておりました。

寄るとさわると光君さまの御栄華の数々や、女君たちのなまめいたお話など、すべて昨日のことのように人々の口に上っていたものでしたが、さすがに歳月の波が少しずつ沖遠く運び去ったのか、あれほど人々の話の中心になっていた光君さまの面影も、物語の中の人のように少しずつこの世から遠のいて見えます。

弥栄えの御子孫の中にも、あれほどのまばゆい美しさをそっくり伝えていらっしゃるお方はいらっしゃらないようです。

御退位あそばした冷泉院のことを御批評するのは畏れ多いのでさておいて、今上と明石の中宮の間にお生まれになった三の宮と、同じ六条院で幼い頃お育ちになった光君さまの末の御子薫君がお二人そろってお美しいという評判ですが、とても光君さまの目もまばゆかったお美しさには比べることもできません。

三の宮は紫上さまがとりわけ可愛がってお育てし、お亡くなりになる頃はまだ五つばかりでしたが、二条院での病床のお枕元へ呼ばれて、

「わたくしが死んでしまっても覚えていてくださるかしら」

とおっしゃったことがあります。すると三の宮は、

「恋しくてたまらないでしょう。だって御所の主上さまよりも中宮さまよりも、ずっとお祖母さまが好きなんだもの、いらっしゃらなくなると、きっと泣いちゃう」

とおっしゃって、小さなお手でお目をこすって涙をまぎらわされる御様子があんまり可愛らしいので、紫上さまも思わず笑いながら涙をこぼされて、お小さい手を引き寄せ、

「宮さまが大人になられたら、この二条院にお住みになって、この部屋の前の紅梅と桜を、花盛りの頃は花見をなさって楽しんでくださいね。時々は仏になったわたくしにもその花を供えてくださいね」

とおっしゃるのを、涙をためた目でじっと聞いていらっしゃったお姿が、ありありと目に浮かびます。紫上さまの御遺言通り、三の宮は今では二条院に住んでいらっしゃいます。

主上も明石の中宮も三の宮をお可愛がりになり御所に住まわせようとなさるのですが、御当人は二条院が気安くお気に召しているようです。御元服の後は兵部卿宮と申しあげています。

尼君になられた女三の宮さまと光君さまの間にお生まれになった若君は、光君さまの御遺言もあってか、冷泉院が格別にお心を尽くして御面倒をごらんになるので、加階も目ざましく、たちまち右近中将になられました。御元服も冷泉院の御所で執り行われて以来、院の御殿のお傍の対を若君のお部屋にして、冷泉院や秋好中宮にお仕えしている女房の中で器量よしばかりを選りすぐって、中将の君のほうへお移しになるほどのお気の入れようです。ああまでなさらないでもなど、口うるさい世間が噂するほどのお可愛がりようなのです。

母宮は朱雀院から伝領された三条の宮で、心静かにみ仏に仕えたお暮らしをつづけていらっしゃいます。中将の君は母宮をもよくお見舞いなさり、美しい孝行ぶりだと、この君をほめない者はありません。

このお方は、この世のものとも思われない不思議な芳しい体臭を生まれつきお持ちになっていて、立ち居につれてそのあたりはもちろん、遠くまで風でその芳香が運ばれ、ちょっと忍んで立ち寄られてもその薫りでたちまちわかるというくらいです。香を薫きしめたりなさる必要が全くありません。誰いうとなく薫中将と呼びならわされていらっしゃいます。

三の宮の兵部卿宮はお年もひとつ上で何かにつけ競い合っていらっしゃるだけに、薫中将のいい匂いが競争心をかきたてるのか、こちらは一日のほとんどを香合わせに費やすほどあらゆる名香を集められ、苦心して香を合わせ、これまた人工の薫りとしてはこれ以上のよい匂いは考えられないという独特の芳香を発明なさり、ふんだんにお召物に薫きしめていらっしゃいます。人々はいつの間にか匂兵部卿宮とお呼びするようになっています。

二十一歳と二十歳になられたお二人のお美しさは、それぞれ自任していらっしゃるように、確かに当代で並ぶものはないでしょう。それでも光君さまのお美しさに比べたらとてもとても……。

どちらかといえば、御子息の薫中将より御孫にあたる匂宮のほうが、光君さまの美しさと雰囲気をよけい伝えていらっしゃるような気がいたします。目許やちょっとしたしぐさに、はっとするほど光君さまに似ていらっしゃる時があって、思わずわが老いの身も忘れて、胸がときめくことがあるくらいです。

わたくしのことを「ばば、ばば」とお呼びになり、何かにつけお気をつけてくださるおやさしさにも光君さまが偲ばれます。色好みの御性質までお受けになっているのも、ひいきのわたくしにはいっそなつかしくさえ思われます。わたくしが紫上さまに格別に御信用されていたことを覚えていてくださり、

「六条院が窮屈なら、いつでも二条院へおいで。最後まで面倒をみるよ」

など、おっしゃってくださるのがもったいなくて、このお方のためなら惜しくない命のひとつやふたつさしあげて悔いないと思うほどでございます。

薫君は、それはお上品で見るからに落ち着いて聡明そうです。御容貌は匂宮がすぐれていらっしゃると思います。それでも薫中将の頼もしげで誠実そうな清潔な感じは、並ぶ人もなく、まあ、どちらが上とも下ともいえません。好き好きで若い女房たちなど勝手なお点をつけて何かにつけ、わがことのように熱中して競っているのがおかしゅうございます。

なぜか、薫君は雰囲気が暗くて、わたくしには気にかかります。笑っていらっしゃる時でさえ目の中には陽のささぬ暗い沼を沈めているような翳りがあります。秘密でも抱いていらっしゃるのかと、ふと不吉な冷たい風をそのお躯から感じとることがあるのは、わたくしひとりの気の迷いなのでしょうか。

それに比べたら匂宮は、いつでも春の盛りの花園に立っていらっしゃるような、

なんとまあ、明るいなごやかな、なまめかしい感じを漂わせていらっしゃることでしょう。女という女なら、ひそかにこのお方の胸に引き寄せられたいと願わないではいられないでしょう。さようでございます、そんなところも光君さまに似ていらっしゃるのです。

ところで六条院に、光君さま御在世の頃いらっしゃった女君たちは、涙ながらにそれぞれ終の住処にお移りになりました。

まず花散里のお方が二条院の東の院を御遺産としていただかれ、お移りになったのをはじめとして、先にも申しましたように女三の宮さまは、朱雀院から伝領された三条の宮へお移りになっていらっしゃいます。

六条院の花散里のお方の後へ、夕霧右大臣さまが、女二の宮、誰いうとなく落葉の宮と呼ばれているお方をお移しになりました。故柏木衛門督さまの未亡人だったこのお方のことで、北の方の雲居雁のお方が一時は怒ってお里の致仕太政大臣邸へお帰りになり、一波乱あったのも昔話で、どうにか今では、お二方が新婚の時からお住みになっていた三条のお邸へおもどりになっていらっしゃいます。まめ人の夕霧右大臣さまは、六条院と三条のお邸を一夜おきに十五日ずつ一月をきちんと二分して通っていらっしゃいます。

紫上さまの住まわれた、東南の町の東の対には、匂宮の御姉君の、女一の宮がお住まいです。紫上さまの御生前のお部屋を飾りつけもそのままにして亡きお方をしのんでいらっしゃいます。ここの寝殿は、匂宮の兄君の二の宮が時折のお休み所になさって、常は御所の梅壺を御宿直所にしていらっしゃいます。二の宮はやがては次の東宮に立たれるお方なので、世の人々からも重々しく扱われ、お人柄もしっかりしていらっしゃいます。夕霧右大臣さまの二番めの姫君をすでに北の方にお迎えになっていらっしゃいます。

わたくしはこの東南のお館すべての取締まりをまかされて、女房たちの総元締めのような役目をしてまいりました。

夕霧右大臣さまが、古なじみのわたくしに、

「昔あれほど華やかだった邸を荒れ果てさせるのは見苦しく情けないから、せめて自分の生きている間だけでも六条院は荒れさせず、あたりの大路なども人通りを絶やさないようにしようと思う」

などお洩らしになるのも、もっともなことと感じ入るのでした。

右大臣さまは子沢山で姫君も大勢いらっしゃいます。御長女はすでに東宮に入内なさって並ぶ者もない御寵愛を受けていらっしゃいます。中の君も二の宮にさしあげ、あとの姫君たちも次々御兄弟の宮へと考えていらっしゃるようですが、匂兵部卿宮は、どうやら御自分で気に入ったお方をみつけたいというお考えのよ

うです。

姫君の中では藤典侍腹の六の君がすぐれて美しいという評判で、自信のある親王や上達部の憧れの的となっている様子です。

この姫君は御生母の身分が低いので軽んじられるのをいとしく思われ、右大臣さまは六条院の落葉の宮さまにお預けになって、匂宮や薫君のお目にふれやすいようにはかっていらっしゃいます。それとなく御相談を受けたので、右大臣さまのそんなおつもりまでわたくしが存じあげるはめになったのでした。

それにしても六条院であれほどはなやかに時めいていられた玉鬘の君が、意外な結婚をした時のおどろきも、昨日のことのようになまなましく思い出されます。

あの頃の光君さまの姫君への御執心は、はらはらするほどで、紫上さまは「またはじまった」とさりげなく見て見ぬふりをしていらっしゃったものの、内心おだやかでないお気持が日ましにつのっていたものです。そんな矢先に、誰もの意表をついて髭黒右大将のお手に落ちた時のあの騒ぎ。六条院ではどこへいってもその話でもちきりだったものです。

それでも御縁が深かったのか、玉鬘の北の方は尚侍とおなりになって、右大将との間に男の御子三人、姫君二人もお産みになり、年毎に御家の中もおさまっていったようにお見受けしました。何しろ、髭黒右大将はお家柄もあって、その後太政大臣まで昇られ、玉鬘の北の方もふさわしい重みをお備えになり、申し分のない御夫婦に見え、お若い時は御苦労なさってもなんという御運の強いお方かと拝しておりました。

ところが全く思いがけないほど早く、髭黒大臣があっけなくお亡くなりになったので、すっかりお淋しい御生活にうって変わり、あれほど御威勢のよかった御殿に、訪れる人もめっきり減り、お気の毒な御有様だとか。姫君の宮仕えの御計画も宙消えになってしまわれたようです。

玉鬘の君の御結婚の時に、お気の毒な目にあわれた真木柱(まきばしら)の姫君は、その後、玉鬘の君に御執心だった蛍兵部卿宮(ほたるひょうぶきょうのみや)と御結婚なさったのも何かの因縁でしょうか。姫君おひとりお生まれになった後で兵部卿宮がおかくれになりました。その後へ按察使(あぜち)大納言が忍び忍びお通いになっていらっしゃいました。

このお方は亡き致仕太政大臣の御次男で、柏木衛門督さまの弟にあたられます。北の方は姫君お二人を残されて先立たれてしまわれたので、真木柱のお方との仲も長くつづき、今はもう世にはばかることもなく、晴れて北の方にお迎えになって、男君(おとこぎみ)もひとりお儲(もう)けになりました。宮の御方と呼ばれる兵部卿宮の忘れ形見の姫君もこちらに引き取られ、大納言は御実子とわけへだてなくお育てになっていられます。

大君（おおいぎみ）は東宮へ入内させ、つづく中の君もなかなか美しいという評判です。こちらの姫君とか、玉鬘のお方の姫君たちが、若い公達（きんだち）の関心の的というところです。

匂宮は、わたくしが年寄りなので気を許されてか、そんな噂をよくしてくださいます。それというのも、わたくしの耳には、どちらのお邸のお噂も自然に集まってきますので、姫君たちの噂をわたくしから聞き出そうとの魂胆と思われます。玉鬘のお方の大君に、夕霧右大臣家の蔵人少将（くろうどのしょうしょう）が夢中になって思いつめていられるけれど、玉鬘のお方は大君を冷泉院にさしあげるおつもりらしいなど匂宮が話してくださいます。

「昔、冷泉院が玉鬘の尚侍に御執心だったと聞いたが本当かしらん」

など誘導尋問なさるのがお上手なのです。昔、見果てなかった夢の名残に、その方の姫君を御所望なさる院のお気持もわかるような気がします。殿方のほうが色恋にかけては、女よりはるかに純情でみれんが強いのではないでしょうか。いずれにしても玉鬘のお方は聡明で思慮深く、蔵人少将のようなまだ身分も低い公達にはおあげになるはずがないと思われます。

「玉鬘の尚侍は、六条院にいた頃そんなにきれいだったの」

匂宮がしつこくお訊きになるので、

「それはもう、当時まだ帝位にあらせられた冷泉院が宮仕えを楽しみにお待ちになったのですもの。光君さまだって、親代わりとはいいながら、それはもうお心にかけていらっしゃいました。あちらのお邸に御奉公しているわたくしの姪の話では、玉鬘の尚侍は、まだまだお若くお美しく、どうかすると、大君の姉上のようにさえ見えるという話でしたよ」

とつい、いらざることまでいってしまうのでした。われながら、女はなんと不用意なお喋りかと、いやになってしまいます。

それにしても玉鬘の尚侍は、大君をどんな高い御身分でも、臣下には嫁がせないと心に決めておいでのようなので、蔵人少将はお気の毒だと、あちらの女房たちは噂しております。

匂宮は、もっと何かわたくしから聞き出したいことがおありの御様子でぐずぐず寝ころんで、頬杖などついて、上目づかいにわたくしを見上げていらっしゃいます。その目許のなんともいえない艶な輝きが、光君さまそっくりなので、思わずため息が出てしまいました。匂宮は目ざとくそんなわたくしのため息に気づき、

「どんないい昔のことを思い出してため息なんかついているの」

とからかうようにおっしゃるのです。

「こんな年寄りをおからかいになるものじゃございません。光君さまがよく、紫上さまとすっかり打ちとけてこの東の対でおくつろぎの時、丁度今、宮さまがなさったような目つきで紫上さまを見つめられたそのことを思い出したのです。ほんとに匂宮さまは、光君さまの御孫さまなのに、なんとよく似ておいででしょう。孫似ということもあるのですね。それに比べたら、薫君さまは、御子息なのに、それほど似ていらっしゃいませんね」

「そうかなあ。自分ではわからないけれど、この頃よく人に、光君さまに似てきたっていわれるよ。薫君はあんまり生真面目ぶって身動きがとれなくなっているんだよ。どうしてあんなに聖人ぶっているのだろう。わたしより一つ年下なのに、いつでも深刻な重々しい表情をしているので、三つも四つも年上に見えることがある。それでいて結構こそこそ、文句の出そうもないあたりの女には手を出しているのだ。ただ決して深入りはしないので、かえって女のほうで気持をつのらせて、いつまでも忘れないという有様だよ。ああいう女のあつかい方は、醒めて冷たくて女が可哀そうでいやだな」

「でも匂宮さまのように、あまりお情けをあたりかまわずふりまかれるのも、女にとってはありがためいわくかもしれませんね。女は、ちょっとくらい冷たくても誠実そうな方を頼もしいと思ってしまいます」

匂宮は流し目にわたくしを睨(にら)んで、

「ははあ、さてはおばばまで薫君におぼしめしなんだね。よしよし、今度逢(あ)ったら伝えておこう」

など、おからかいになるので、噴き出してしまいました。

「いやなこと、源典侍(げんのないしのすけ)じゃあるまいし」

と申しあげると、

「なに、その典侍とやらは」

と、すぐそんな話には身を乗り出されます。もう古物語に入るようなことがらなので、色好みの老婆(ろうば)の面白い話のあれこれを、当時、評判だったことだけお話ししますと、声をあげてお笑いになるのでした。

光君さまとまだ頭中将(とうのちゅうじょう)だった致仕太政大臣が、この典侍を中にこっけいな争奪戦をした話など、まるで見てきたように女房たちの間では語りつがれていたものでした。

匂宮とお話しした後は、老いの身にもほのぼのとしたあたたかさがもどってくるようで、心が浮きたってまいります。

それにしても光君さまや紫上さまが君臨していられた頃の六条院のきらきらしい華やかさは、もうすべてかえらぬ想い出となってしまいました。

わたくしも早く彼岸へ呼んでいただいて、あのお方たちと昔話がしとうございます。

何もかも、あの頃から見れば一段劣ったようなこの世の中に生きつづけるのが、味気なくなってまいりました。

匂宮は蛍兵部卿宮さまの忘れ形見の宮の御方に殊の外、御執心のようでした。あの雅やかなお美しい兵部卿宮のお血を受けていらっしゃる上、真木柱のお方の愛嬌のある点をそなえていらっしゃるなら、どんなに美しい姫宮かと想像されます。

父上のない姫宮は、継父の按察使大納言がいくらよく面倒を御覧になっても、やはり何かとお淋しいことだと想像されます。現に大君を東宮にさしあげられた騒ぎの中で、この宮の御方はすっかり忘れられたような存在でお気の毒だったと口さがない女房たちが申しておりました。

薫君のことでは、実は誰にも恐ろしくて話せないような疑惑が昔からございます。

これはおよそかくしだてのなかった紫上さまとさえ口にして申しあげることもはばかられ、一度もお話ししたこともお伺いしたこともありません。

女三の宮さまが御降嫁あそばして以後の紫上さまの心の奥にわだかまりつづけ

たお悩みは、最も近いお側にいたわたくしには手にとるようにお察しできていました。

中でも女三の宮さまが薫君を妊られたと聞いてからの紫上さまのお悩みの深さは見るもおいたわしいことでした。

光君さまにはつとめてさりげなく屈託なげにふるまわれる分、おひとりの時間にはお目も離せないほどお苦しみになっていらっしゃったのです。どんなに愛し愛されたとしても、愛の証である御子の恵まれないお淋しさはどれほどだったことでしょう。

そこへまたしても降って湧いたように女三の宮さまの御懐妊の事実が持ち上がったのです。

御降嫁なさって七年間ちらりともそんな気ぶりもなかったお方に。

よりにもよって紫上さまは重病で、二条院へ移られ御養生していらっしゃる時だったのです。一時の危険な坂はひとまず越して、少しはみんながほっとしている時でした。

こんな噂は誰からともなく霧のようにひろがっていくものです。女房たちは光君さまがどんなにお喜びになり、それまで粗略に扱いすぎた女三の宮さまをお大切になさるかと、息をのむ思いでみつめていました。

ところがどういうわけか、拍子抜けのするほど、光君さまはけろりとなさり、女三の宮さまへのお運びはかえっていっそう遠のいて、ただもう紫上さまのお側ばかりにつきっきりでいらっしゃるではありませんか。やがて月満ちて今の薫君がお生まれになった後だって、信じられないほど、さばさばとしていらっしゃったのです。

怪しいといえば、いつの頃からか、紫上さまがこの御出産に、無関心のように落ち着かれたことでした。

もっと愕いたのは、産褥の床から、女三の宮さまが突然御出家あそばした時のこと。御病気だったとはいえ、お産の後は誰だって女は衰弱しますし気も高ぶります。それを周りのどなたもお止めできず、まだお若い御身で、世を捨ててしまわれるとは……。

もう、あの頃の世間の取り沙汰は大変なものでした。さまざまな憶測や無責任な噂の中から、いつ、誰が言い出したものか、女三の宮さまのお産みになった若君は、どなたのお胤なのだろうなどという空恐ろしい噂が、くすぶり燃えて、きな臭い匂いを流しはじめたのでした。

それからほどなく柏木衛門督さまがお亡くなりになるという悲しい出来事が起き、人望と人徳のお厚かった方だけに、誰もがその御不幸に気を奪われ、女三の宮さまの御出家騒ぎは自然とおさまってしまいました。

思えばあの年は、誠に忘れられないさまざまな事件が次から次へと湧き起こったものでした。

決してそうとは誰にもいわない中で、わたくしは女三の宮さまの御出家と衛門督さまの死と、薫君の御誕生が無縁ではなく、一本の糸でつながれているように思われてなりませんでした。

遠い縁つづきの小侍従（こじじゅう）という者が、女三の宮さまの女房をつとめていました。年が若く女三の宮さまのお遊び相手から女房になった者なので、思慮が浅く、何かしでかさなければよいがと思っていましたら、この者も、女三の宮さまの御出家とほとんど同じ頃、お暇をいただき、誰にも挨拶もせず、どこかへ消えてしまいました。

敦賀（つるが）の国司の館で、北の方つきの女房をしていた小侍従らしい女を見かけたなどという噂も、一度ちらりと耳にしましたが……。

せめて小侍従がいたら、あの頃の真相を、今ならもう聞き出せたかもしれませんけれど。

あの時の方々は、尼宮さまと薫君を除いてすべて彼岸へ渡っておしまいになりました。秘密があったとしても、もう誰もそのことを証する者がおりません。

わたくしのもしやという想像などは、下司の勘ぐりもいいところで、全く妄想か悪夢の類いかと思われます。

第一、もしわたくしの妄想が少しでも事実に近かったら、尼宮さまおひとりが、どうしてあのように玲瓏としたお顔つきで、清らかにあどけなく齢を重ねていられましょうか。

鬼籍に入られた方々は、永久に事実も秘密も明かされるはずはありません。

それにしても薫君のあの老成しすぎた陰鬱な御表情はどこから生まれるものなのでしょう。

堅物だという世間の定評よりは、まめに情事にも手を出していらっしゃるとか。かといって打ちこんでこのお方はと、愛される特定の女人もなく、どうやらつとめて御自分で深い仲になるのを、さけていらっしゃるようだなどの噂も聞きます。

「結婚しないのは、そのうち世を捨てて仏道一筋の生活がしたいからだ」

など、側近に洩らしていらっしゃるとか。まさかあのお立場とあの若さで、そんなことはあるまいと思いますけれど、今からもう悟りすましたようなものものしい御態度を見ると、そんなお考えが全くないともいいかねます。

いずれにしろ、長生きはしたくないものです。死に遅れてしまって、ある時は、ええ、いっそもう、うんと長生きして、光君さま亡き後の世の中や御一族の行く末を見届け、あの世でお逢いした時、何もかも光君さまと紫上さまに土産話(みやげばなし)として申しあげようなどと思ったりもいたしましたが、もうつくづくこのごろでは生きるのもいやになってしまいました。

すべての人々があの頃にくらべ小粒になり、こせこせして見えてなりません。

玉鬘の尚侍が、御自分の身代わりに、大君を冷泉院にさしあげたというので、いっとき噂が飛び交いました。

冷泉院はそういう縁組みをなされば、まだ思いきれない尚侍に逢われる機会があるのを御期待してのことだとか……ほんにもう女房たちの口さがなさにはつける薬がありません。

大君は院との間に男宮と姫宮を産まれ、どんなに結構なお身の上になられるかと思われたのに、やはり女御(にょうご)や后(きさい)の方の嫉妬がただごとではなく、何かにつけ、お辛(つら)いことが多くなり、とうとう病人のようになりお口もきかない人になって、青葱(あおねぎ)のようなお顔色で、ずっと宿下りばかりしていらっしゃるとか……。

あの玉鬘の尚侍はお悧巧(りこう)すぎて、万事抜け目のないところが、若い時苦労なさったせいだと大目に見ても、やはりわたくしなどは好きになれませんでした。お上品でしたが、紫上さまのような、たっぷりとしたおおらかさに欠け、今度のことなど才子才に溺れるの感がないでもありません。

もちろん、髭黒太政大臣の御遺産が、それはたくさんございましたので、お暮らし向きになんの心配もないまま、やはり姫君の入内という大望はついえてしまい、将来のない院へおあげになったのも、思慮が足りなかったと申せましょう。男君がおふたりともまだ非参議で、今年の除目（任官の儀式）にも昇進洩れをなさったことなど、父のない子は出世がこうも遅いのかと嘆かれたなど洩れ聞きますと、おいたわしい反面、ちょっと胸がすくのは、紫上さまを一時にせよ、悩ませたと思う恨みがこちらの心のどこかに残っているのでしょうか。

女の身の五障の深さに、われながらぞっといたします。

わたくし自身の色ざんげですって。まさか、ほ、ほ、ほ。光君さまのお情けをもののはずみにせよ、少しはいただいたばかりに、世の中の男という男が色あせて見えて、ついに一度も他の男に心の移ったことなどありません。

これを不幸といってくださるお方は、女心のわからないお方と存じます。ただの一夜でも、光君さまのお情けに浴したことのある虹のような想い出だけで、女は生涯生きていけるものでございます。

彼岸に渡られた方々のなんとお若くお美しいこと。あの方々より二十余年も生き延びて、すっかりつくも髪の女になってしまったわたくしを、あちらに往った時、みなさまがすぐわかってくださるでしょうか。

今宵（こよい）も西の空に華やかな夕映えがひろがっています。あの七彩に染まった雲の彼方（かなた）から、もう一日も早くお迎えが近づいてくれますように……なむあみだぶ、なむあみだぶ……。

橋姫

★

はしひめ

宇治(うじ)の大君(おおいぎみ)の侍女弁(べん)の君(きみ)のかたる

わたくしは昔、故柏木衛門督(かしわぎのえもんのかみ)さまの乳母子(めのとご)の弁(べん)と呼ばれた女房のはしくれでございます。

ただ今では父方の御縁につながり、宇治(うじ)の八(はち)の宮(みや)さまのお邸(やしき)にお仕えしております。

この八の宮と申されるお方は、故桐壺帝(きりつぼてい)の八番めの皇子でいらっしゃいますから、光君(ひかるのきみ)さまの異腹の弟君ということになります。

光君さまの目も彩(あや)な華々しい御生涯の中で、最も御不運な時をお過ごしになられた須磨流謫(すまるたく)の歳月の出来事でございました。都では弘徽殿大后(こきでんのおおきさき)さまがその頃東宮(とうぐう)であられた冷泉帝(れいぜいてい)を廃して、この八の宮さまを立坊(りゅうぼう)しようという、とんでもないよこしまな謀(はかりごと)をなさったことがございました。あの頃、天下の権勢は弘徽殿大后をはじめ右大臣家につながる人びとに、すっかり移っておりましたので、誰が聞いてもあきれるようなそんな理不尽な企ても、必ずしも不可能なことではなかったのです。

わたくしども下々(しもじも)の者の中にさえ、暗い噂(うわさ)として広まっていたことでございます。

いうまでもなく、八の宮さまはそんな野心など毛頭おありにならなかったのですが、大后の光君さま憎しの一徹なお心から、そのような恐ろしい陰謀に利用され巻きこまれたのでした。

御自分の御意志と関わりのないこの陰謀加担のため、光君さまの御運が立ちかえり、都にお帰りあそばし、以前にもまして御運勢が昇りつめられますと、八の宮さまは周囲から冷たい目で見られ、御自分でも気おくれなさり、とかく引きこみがちになられ、かつての声望もすっかり衰えてしまわれました。もし東宮に立たれた時にはと、あれこれ夢見て期待していた御後見(おんうしろみ)の人びとも、思惑外れでそれぞれ政界を去っていってしまったので、宮さまは公私ともに頼る人もなく、世間から見放されたようなお気の毒な有様になってしまわれました。

もと大臣の御娘であった北の方とは類(たぐ)い稀(まれ)な相愛のお睦(むつ)まじい御夫婦仲で、何かと辛(つら)い世の中で、しっかりと寄り添われ慰めあってお過ごしでいらっしゃいました。

長年連れ添われていらっしゃるのに御子（みこ）に恵まれないのを淋（さび）しく思っていらっしゃったところ、ふっと姫君が御誕生になり、たいそう喜ばれてこの上なく可愛（かわい）がられているうちに、また引きつづき御懐妊になり、今度も姫君がお生まれになりました。お産は安らかでしたのに、産後の肥立ちが思わしくなく、それが原因で北の方はお亡くなりになってしまわれました。

八の宮さまは、日頃から信心深く、出家のお志もおありのようでしたが、北の方との愛情が絆（ほだし）になり、そのまま過ごしてこられただけに、今度こそ御出家したいと思われたものの、今では幼い姫君おふたりが絆となり、それもままならないのでした。

落ちぶれた宮さまが男手ひとつで幼い姫君たちをお育てになるのは、どんなにかおいたわしいことでしょう。世間の手前も恥ずかしいような中で、御辛抱していらっしゃる間に歳月ばかりが流れ、姫君たちはすくすくとお育ちになられました。それをせめてものお慰みとして淋しさをまぎらわしていらっしゃいました。

中（なか）の君（きみ）とお呼びする妹君のことを、女房たちは、

「いやあね、このお方がお生まれになったのが北の方の亡くなられるきっかけになって」

など、ぶつぶつ愚痴をこぼし、とかくお世話も手抜きになりがちです。八の宮さまはそれを不憫（ふびん）がられ、亡き北の方が御臨終の床で、

「可哀（かわい）そうなこの子を遺（のこ）すのが気がかりでなりません。どうか可愛がってやってください」

と、おっしゃったのを忘れず、中の君をとりわけ可愛がっていらっしゃいました。

この姫君はそれはもう空恐ろしいほどの御器量で、鬼神にでも魅入られるのではないかと思われるほどの可愛らしさ美しさでした。

姉君の大君（おおいぎみ）は御性質がしっとりした優雅なお方で、けだかく上品な風情は妹君にまさっていらっしゃいます。誰でもが思わずいたわらずにはいられないような雰囲気をお持ちです。

お邸の内は次第に不如意がちになり、お仕えする者たちも一人去り二人去りして日ましに淋しく、乳母（めのと）までが中の君を見捨てて去り、八の宮さまが男手ひとつにお育てになるようないたわしさでした。

しっかりした家司（けいし）もいないのでお邸の内は次第に荒れ放題になり、軒の忍草（しのぶぐさ）ばかりがわがもの顔に青々とのび広がっています。

宮さまは御持仏の荘厳（しょうごん）ばかり御熱心になさり、ひたすら勤行一途（ごんぎょういちず）の暮らしぶ

りです。

再婚のお世話を申し出る人があっても一切お耳を貸されず、御念仏のひまひまには姫君たちに琴や琵琶を教えられ、碁打ちや偏つぎ（漢字の旁だけを示してその偏を継がせる遊戯）などの遊びのお相手もしておあげになるのでした。

そんな時も大君は聡明で慎重で、中の君はおっとりと、あどけなく可憐で、それぞれの御性格があらわれます。

大君は琵琶、中の君は箏のお琴で合奏されるのが、何よりのお慰めのように拝されました。

御不運がどこまでついて廻られるのか、こんな時、京のお邸が火事で焼失してしまわれました。それを機に宇治の山荘にお移りあそばしたのです。

荒廃していたとはいえ、広々とした池や築山もあった京のお邸に比べ、山荘は宇治川の急流の川音が枕元に響く淋しい所で、訪れる人もめったになく、まるで世捨人のような御生活になられました。

たまさか訪れるのは、田舎びた山賤などが御用を承りに来るだけです。荒々しい瀬の音や、深くたちこめた山霧が、世を捨てたつもりでも八の宮さまのお心にはどんなにか切なく感じられたことでしょう。

その頃、宇治山に、ひとりの有徳の阿闍梨さまが住んでいらっしゃいました。

信仰もあつく仏典の造詣も深い聖僧ですが、朝廷の法要などにはめったにお出にならず、ひたすら隠遁の生活を送っていらっしゃいました。この阿闍梨さまが八の宮さまの、孤独な生活の中にも一筋に仏道をきわめようと精進される態度に感動され、時々お訪ねになって、仏教についての様々な御指導をなさるようになりました。

阿闍梨さまに対しては八の宮さまもすっかりお心の紐を解かれ、おふたりの姫君の絆につながれて、憧れの出家ができないなどという心の底の悩みも、打ち明けていらっしゃる御様子でした。

わたくしがお仕えしましたのは、宇治に移られてからのことで、気の利いた女房もほとんど居ない中で、昔、太政大臣邸にお仕えしていた経験のあるわたくしは、何かと調法がられ、身分柄もわきまえず、若い女房たちに行儀作法を教えたり、姫君たちにも高貴の姫君としての御わきまえなどを、見聞きしたかぎりお教えする立場にありました。まだ六十歳には届いておりませんのに、こういう山里の暮らしの刺激のなさの中で、すっかり身も心も老いこんでしまい、七十も過ぎたような気がいたしております。いっそ、一日も早く浄土へお迎え願いたいと思うものの、わたくしにはどうしても果たさねばならぬひとつの大切な役目が残されており、それが果たされない限りは死ぬにも死ねない立場でございます。

そんなある日、突然、ものものしい様子で冷泉院からの院使(いんし)が、わざわざ宇治の山荘までお見えになりました。例の阿闍梨さまが先導の形で道案内していらっしゃいます。なんでも阿闍梨さまは冷泉院にだけは時たま伺候して、仏教についての院の御質問にお答え申しあげ、仏道の教えをなさる御間柄なのだそうでございます。

そんな折のついでに、阿闍梨さまが八の宮さまの御殊勝な御修行のことを話され、ふたりの姫君に後ろ髪ひかれ御出家の望みが果たせないことまでお話しなさったのだそうでございます。

冷泉院は八の宮さまの不如意な御境遇に御同情なさり、早速、院使をつかわしてお見舞いくださったという次第なのでした。

院からのお心こもったお手紙やお歌に、八の宮さまも感激して御返事を送られ、わたくしは全く何年ぶりかで、山里風ながらお客人の御接待の料理など指図して、珍しく山荘も活気づいてまいりました。

院使がお帰りになり、阿闍梨さまもすっかりくつろがれてお残りになり、折からの月を眺めながら、八の宮さまとしみじみ差し向かいでお話しなさいました。わたくしは何かと御用を果たすためお近くにひかえておりましたので、お話の内容が、自然、きれぎれに耳に入ってまいります。

阿闍梨さまの話題がいつの間にか光君さまの御遺子、薫中将さまのことに移った時、わたくしは思わず、わなわな震えてくる軀を支えるのにようやっとの想いでした。ああ、そのお方にこそ生きて一目お逢いしなければならないわけがあったのでございます。そのお方にお逢いするまでは、どうしても耄碌できない事情があったのでございます。

「冷泉院で中将の君にお目にかかりました。このお方は冷泉院が故源氏の大臣の御遺言もあって、格別に大切にお目をかけていらっしゃるようです。稀にしかまいらないわたくしでも、いつでも冷泉院で中将の君にお逢いするのですよ。始終伺候していらっしゃるのでしょう。世間では薫中将などといい、大そう人気がおありのようですが、御本人は珍しいほど生真面目なお人柄で、浮いたところなど全くなく、お若いのになぜか余念なく仏道に打ちこんでいらっしゃるのです。院にお教えする時も、お傍にいてむしろ院よりはるかに熱心に拙僧の話を聞かれます。奇特なお方です。どこかお若いのに心に重いものをかかえこんでいらっしゃる様子で、妙に老成した感じのあるのが不自然で気がかりですが」

阿闍梨さまのお話に、八の宮さまも感慨深げにうなずいていらっしゃいます。

「今になると女三の宮を故源氏の大臣にお託しになった朱雀院のお心がしみじみあわれに思いあわされます。あの当時は、自分に親らしい気もなくて、朱雀院の女三の宮への溺愛ぶりを、度をこしたことなどと批難がましく見ていたのが恥ずかしくなります。ふたりの娘を育ててみて、朱雀院の血縁の煩悩は、そのまま自分のものと思います。それにしても女三の宮が中将を産み落とされて間もなく御出家してしまわれたのには驚かされました。まるで昨日のように思うのに、あの時の赤子が、宰相中将に成長しているのですからね。歳月の流れの速さと自分の老いをしみじみ感じます。さかさまに往かぬ月日よと源氏の大臣がおっしゃったとか。全くその通りですね」

としみじみ涙声でおっしゃるのもおいたわしいことでした。

「中将の君は八の宮さまに憧れていて、ぜひ宇治を訪ねて親しく仏教についての御教示に与りたいと、拙僧に御伝言を頼まれました。頼もしい真面目な青年ですから、何かとお力になるのではないかと存じます」

「中将の君は、年も若い上、世の中はすべて意のままになる幸せな境遇でいながら、早くも後世のことを考えるとは、なんという殊勝な人だろう」

としきりに感心していらっしゃいました。

そんなきっかけでお互いにお文が交わされるようになり、ついに薫中将さまが、はるばる宇治の山荘まで叔父君に当たる八の宮さまを訪ねていらっしゃいました。

姫君と宮さまの仏間の間は、ただ襖障子だけでへだてていらっしゃるような、簡素を通りこした質素なお暮らしぶりでございます。

　京じゅうの女たちの憧れの的になっている薫中将さまの人気など、別世界の出来事のようで、泥臭いここの女房たちには、なんのときめきも起こさせないようです。

　姫君たちも、わたくしが古物語や絵物語で、男と女の恋の道をたどたどしくお話ししてあるくらいで、一向にそんな方面に興味もおありにならない無邪気さでいらっしゃいます。

　薫中将さまがどうあろうと、お供の中にはどんな不心得な者がまじらないとも限りませんので、わたくしは女房たちに申しつけ、くれぐれも覗き見されないよう気配りさせました。というのも故衛門督さまが命と引きかえの悲恋にとりつかれたのも、そもそもの始まりが六条院で不用意にも女三の宮さまが、猫のいたずらで巻きあがった簾のすきから、立ち姿を見られてしまったという一瞬からでした。

　見るということは男と女の間に恋を生む因をつくります。その果がよければいいのですけれど、たいていの恋は喜びや幸福よりも、苦しみや悲しみや不幸をもたらすのではないでしょうか。つまらない恥ずかしい話ですが、わたくしのような下賤な女でもたった一度、氏素性も低い碌でなしの男に見られてしまったため、ひどい目にあいました。

それは、わたくしの二十の春のたそがれのことでした。里居から大臣邸への帰り道で、四条の市へ寄り髪油を需めまして人込みへ入ったとたん、突然気まぐれな春の突風が吹いてきて、壺装束のわたくしの笠もかつぎも吹き飛ばされそうになってしまいました。

あわてて笠を両掌で押さえた時、薄い紗のかつぎの裾が、風にめくられたまま、笠に引っかかっているのに気づきました。

それを下ろそうとした時、すぐ間近に男の目が熱っぽくうるんで、あらわになったわたくしの頬にそそがれているのを見てしまったのです。それはほんとうに一瞬の出来事でした。そんなぎらぎらした男の視線をそれほど間近に受けたことのないわたくしは、ぞっと全身に粟だつようなおののきを覚えました。

その男に後をつけられていたことも知らず、それ以来その男に激しく言い寄られつづけ、ほとほと困りきりました。お仕えした衛門督さまがお亡くなりになり後を追うように母もみまかり、重なる喪に心も萎え、うつろになって嘆きつづけていたすきに、とうとう男に奪い取られるような形で、西海の果てまで連れ去られてしまいました。それからの苦労は思い出したくもありません。

それでも男が筑紫の任地で亡くなるまでは夫婦として暮らし、死後十年もすぎて、やっと都に帰りついたのでございました。ふしぎなことにあれほど苦労させられた男が、この頃、夢に姿を見せるようになったのはどういう心のからくりでしょうか。男を夢に見た朝は、なぜともなく心がぬくもっているような気さえするのです。

思わずとんでもない恥ずかしい話にそれてしまいましたが、男と女の仲くらい不可思議なものはないと存じます。

世馴(よな)れぬこちらの姫君たちがうっかり浮気な殿御に覗き見でもされ、思慮のない女房が手引きでもしようものなら、どんな収拾のつかぬことになるかわかりません。それをふせぐことが老女房のつとめの重大なものでございましょう。

八の宮さまと薫中将さまはお逢いになったとたん、すっかりお打ちとけになり、お互いまるで前世は親子ででもあったかなど、冗談をおっしゃるような睦まじいお仲でございました。

もう御車が近づいただけで、得もいわれぬかぐわしい中将さまの匂いが風に乗せられて前駆(さき)の役をつとめるのです。

とりたてて美男というわけではないのですが、その上品さと水ぎわだった颯爽(さっそう)としたお姿と、いいあらわしようもない優雅なお立ち振舞いの御様子は、誰が見てもうっとりするほどお見事でございます。はい、覗き見というのは殿方だけの趣味ではなく、女どものわたくしたちも、簾のかげや几帳(きちょう)のすき間から殿方をすき見しては、どのお方がすっきりしているとか、頼もしげだとか勝手な品定めをするものでございます。浮気な女房たちは、それと目をつけた殿御にわざと見られるようたくらむ者さえございます。

さて、わたくしは八の宮さまを訪ねられる薫中将さまを、はじめて物陰より拝して目もくらむほど感動し、涙があふれてなりません。たちまち時が逆流し、故柏木衛門督さまがそこにたち現れたかと思い、思わず駆けよりたくなるのを、ようやっと抑えました。

お鼻の形や、切れ長のやや愁(うれ)いをふくんだしっとりとした御目許(おんめもと)が、殊にも衛門督さまに生き写しで恐ろしいほどでございます。

世間では夕霧(ゆうぎりの)大臣さまがお年を重ねるほど光君さまに似ていらっしゃると申しております。それに比べると、薫中将さまは、お顔は似ていらっしゃらないけれど、いいようのない優雅さやあの不思議な体臭をお持ちのことなど、やはり光君さまのお血筋だからだと評しているようでございました。

衛門督さまに、わたくしの母が乳母としてお仕えした関係で、わたくしも乳母子として特別に可愛がっていただき、女童(めのわらわ)として早くからお側(そば)近くでお仕えさせていただいたものでございます。母には内緒の文使いなども、どれほどさせられたことでしょう。

光君さまを除いては、天下に比べるものもない御威勢の太政大臣家の御長男として、世間から期待され、尊敬されていられただけに、何事にも重々しくふるまわれ、年より老けて見えるお方でいらっしゃいました。お遊びの相手は別として、北の方にはぜひ内親王(ひめみこ)をという高望みを抱かれるのも、それだけ御自身があらゆる点で自信がおありだったからでしょう。

当時は光君さまの御長男の夕霧大臣さまとよく比較されたのは丁度、今の匂(におう)兵部卿宮(ひょうぶきょうのみや)さまと薫中将さまとのような関係でした。

その衛門督さまが、光君さまに御降嫁になる前の女三の宮さまに恋をして、失恋の苦杯をなめた後々までもあきらめられず、まるで中空の虹を渡るようなはかない恋にのめりこみ、ついにはこの世で許されるはずもないその悲恋のため、心も身も滅ぼされておしまいになったのでございます。

女三の宮さまの可愛がっていられた唐猫(からねこ)を色々手を尽くして貰(もら)い受け、朝も晩も撫(な)で可愛がられ、夜は抱いて寝床にお入りになるのを見た時は、もう気でも狂っておしまいになったのかと不気味でした。まるで女に囁(ささや)くようにひそひそと猫に話しかけられる熱いうるんだお目を見れば、誰だってその頃の衛門督さまを気味悪く思ったにちがいありません。

すっかりなついてしまった猫が咽喉を鳴らして衛門督さまのお膝に上がり、愛撫をねだるように甘い声で鳴くと、衛門督さまは細い長い指で猫の咽喉をいつまでも撫でさすられるのです。

「ああ、これがあのお方であったなら……」

ぶつぶつ口の中でつぶやかれるひめやかな愛語も、決して決して他人には聞かせられないものばかりでした。

あれほど恋い焦がれていらっしゃったお方と思いがかなえられたのは、女三の宮さまにお仕えしていた女房の小侍従のはからいでした。渡ってはならない虹の橋を渡られたばかりに、衛門督さまはついに身を滅ぼしてしまわれました。その御臨終の時、

「もう、わたしは生きられそうもなくなった」

苦しい息の下からおっしゃって、わたくしに預けていかれたものがございます。小侍従から女三の宮さまにお渡しすべき品でございましたが、それっきり小侍従と逢う機会もないまま、筑紫の涯まで流浪いたしましたので、その大切なお品もずっと持ちつづけてしまいました。そのことが心のしこりになり、死ぬにも死ねない気持で年頃過ごしてまいったのでございます。

尼君になられた女三の宮さまは高貴なお方すぎて、とても近づける手だてとて

ありません。どうしたものかと思い悩んでいたところに、薫中将さまにお逢いできたのです。これこそ亡きお方のお導きにちがいない、これも朝晩念じつづけた念仏のおかげだろうと、伏し拝みました。

けれども姫君付きの女房として仕えておりますわたくしは、八の宮さまと薫中将さまのお睦まじい御様子は物陰からうかがえても、中将さまの御前に出てお話しする機会などは与えられません。やきもきしているうちにたちまち三年もの歳月が過ぎてしまいました。

その間には、薫中将さまのお話をお耳にされた冷泉院から、何くれとなく八の宮さまにお心配りをいただくようになり、京から訪ねてくる人たちも、以前よりは目に見えて多くなりました。

姫君の御衣裳（おいしょう）やわたくしどもの四季の着がえ料までお届けくださいますので、ようやく姫君らしいお姿におなりでございます。三年ほどの間にお二方とも目に見えて美しく大人びてこられ、蕾（つぼみ）の花がふくらんだ匂やかさは、老女のわたくしでさえ涙ぐまれるほど、はなやかできよらかなものでございます。

冷泉院は、光君さまが四十を越えて女三の宮さまを迎えられたように、若い宇治の姫君のお世話をしたいと、例の阿闍梨さまを通じて申しこまれたとか。

「ありがたいことだが、姫たちは田舎育ちでとても京へ出て、気の張る院の暮らしなどつとまりそうもない。それに冷泉院にはしっかりした女御たちがいらっしゃって、噂に聞けば玉鬘の尚侍の大君が院に上がって御寵愛を受けたものの、女御たちの嫉妬に耐えかねて、病気になって里に帰りきりになったとか。あれだけ聡明な母親が後見にいてさえそうなのだから、しっかりした後見もないこの姫君たちではとうてい三日といられまい。かといって、いつまでも夫が定まらないでは、わたしが亡きあとはどうして暮らしていくだろう」

と、涙を浮かべてお話しになるのでした。薫中将さまにお逢わせになられてはと、口まで出かかりましたが、仏教の御勉強ばかりに熱心な堅物のお方らしいので、それも口にできませんでした。

　そんなある秋の夜のことでございました。

八の宮さまは、山の阿闍梨さまの御堂に、七日間のお籠もりにいらっしゃってお留守の時でした。霧の深い夜のことで、まるで冬がやってきたように冷え冷えとしてきたのが老いの身にはこたえ、早くから寝ませてもらっておりました。

　うとうと夢の中をたどっていましたら、若い女房が落着きのない声でいきなりゆり起こしました。

「早く起きてください。中将さまが霧の中をお馬でいらっしゃって、宿直の侍が気がきかなく、姫君のお部屋の縁のあたりまで御案内してしまったのです。あわ

ててお茵だけはさしあげましたけれど、

『こんな御簾の外ではきまりが悪い。あんまりなお扱いです。せめて御簾の内に入れてくださってもよさそうです。かりそめの出来心などではこの深い霧に濡れそぼたれて、はるばるやって来られるものでしょうか』

などおっしゃるのです。姫君たちは素早く奥へ身をかくされましたけれど、わたしはどう応対していいかわかりませんもの。早く出てきてください」

と、きんきん声でわめきます。近くの在の娘を女房に仕込んだつもりですが、こんな時にはお里が知れてなんの役にも立ちません。

わたくしはとどろく胸を押しかくし、にじり出ていきました。姫君たちが身をかくされたといってもせまい邸の中のこと、几帳のかげからお召物の裾がこぼれている近さです。なんと大君がお答えしたのか、中将さまがしきりに、

「このしのびかねるわたしの胸の想いの深さをお察しください。わたくしは色好みの軽薄な男ではないのです。まだひとり身ですし、生真面目で気のきかない男で通っています」

などしきりに御自分を売りこみ、かきくどいていらっしゃるところでした。

「まあ、もったいない。こんなひどいお席におあげして。御簾の内にお入れ申しあげるものです。ほんとに今時の若い人は気がきかなくて」

思わずわたくしはずけずけ言ってしまいました。

「今のような宮さまの御状態で、お訪ねくださる人も長い間全くなくなっておりましたのに、こうしてあなたさまが足しげくお訪ねくださいますお志のほどは、どんなにかありがたいことでございましょう。数ならぬわたくし風情でも、お心の深さに感動して涙がこぼれます」

自分のことばにあれこれの思いの堰（せき）が切れて、どっと涙があふれてしまいました。

「ありがとう。取りつく島もない扱いで情けなく思っていたのに、情のわかるあなたが出てきてくれてほっとしました」

そうおっしゃるあたりから、極楽浄土の匂いとはこういうものかと思われるような、かぐわしい香りがあたり一面にただよい、夜の明け方のほのかな光の中にお姿がぼんやり浮かんでいます。目立たぬように狩衣（かりぎぬ）にやつされたのが、たしかに夜露と霧にびっしり濡れておいたわしいほどでした。

わたくしはなおも涙をこらえかねて、声もきれがちに申しあげていました。

「長い年月、祈りつづけてきた験（げん）があって、こうしてお目にかかれるのも夢のようでございます。実はどうしてもお耳にお入れしたい大切なことを、長年胸ひとつにおさめてまいりました。あわれ深い昔話ですが、ぜひ外ならぬあなたさまに……」

いいさして、またしても涙にむせびわなわなふるえるのを、いぶかしいとお思いになったのか、とがめもされず、おやさしくおっしゃいます。

「どういうことか知らないが、こうして何年も通ったのに今宵(こよい)はじめてお逢いしたというのも何かの因縁でしょう。さあ、遠慮なく話してしまいなさい。またとないよい折でしょうから」

「ほんとにまたとこんな折はございますまい。よしまたあったとしても、こう老いさらばえた身では明日の命が知れません。昔語(むかしがた)りのできる年頃の女房たちも今ではみんな亡くなってしまいました。三条の宮にお仕えしていた小侍従も亡くなったとか風の便りに聞きましたが、どうなりましたことやら。昔語りになりますが、ただ今の藤大納言(とうだいなごん)さまの御兄君で衛門督と申されるお方のことをご存じでしょうか。お亡くなりになる直前は権(ごん)大納言になられました。お噂などお聞きになられたこともございましょう。お亡くなりになったのがつい、昨日のように思われますし、あの時の悲しさも袖の涙の乾くひまもないほどまざまざ思い出されますのに、あなたさまがこのように御成人あそばした歳月を数えると、夢のような気がいたします」

と、申しあげるうちに、薫中将さまのお顔色が薄明かりの中にもさっと変わるのが見えました。わたくしは衛門督さまの乳母子だったので、御臨終まで最も身近にお仕えした関係から、御遺言を預かっていることを話す間、中将さまは身じろぎもせず聞き入っていらっしゃいます。そのお顔付きからわたくしは中将さまが御自分の出生の秘密について全くご存じないとは思えなくなりました。他の女房に気がねしてわたくしはいいたいことばもひかえ、じっと中将さまのお目を見つめますと、中将さまもお目でしっかりとうなずかれ、ことばはさりげなく、

「そういう人の話は思い当たらないけれど、昔語りというのは自分に関係がなくてもすべてなつかしいものです。この次の機会に、きっとつづきを聞かせてほしいものです」

とおっしゃって、奥の大君に向かって、

「あさぼらけ家路も見えずたづねこし
　槙(まき)の尾山は霧こめてけり
心細いことです」

と、詠(よ)みかけられました。大君はたいそうひかえめながら、すぐ返歌を御自身でお返しになったのは上出来でした。

「雲のゐる峰のかけ路を秋霧の
　いとど隔つるころにもあるかな」

これが御縁で、とうとうわたくしはそれから間もない十月頃、長年持ちつづけてきた衛門督さまの遺品を、薫中将さまにお渡しして、まるで物語のような中将さまの出生の秘密をすべてお打ち明け申しあげたのでした。

「外にもこの恐ろしく恥ずかしい秘密を知っている者がいるのだろうか」

中将さまは暗い目付きでお尋ねになりました。

「いいえ、わたくしと小侍従ふたりの外は誰ひとり知っている者はございません。またわたくしは決してこれまで他言したことはありません。小侍従も秘密を抱きしめたまま死んでいったことでしょう」

「小侍従はわたしの五、六歳の頃、急に胸を患って死んでしまった」

中将さまがつぶやかれました。ああ、やっぱりと涙があふれてまいります。そのうちわたくしさえ死ねば、もうこの秘密は永久にこの世ではかくされ通すことでしょう。

お形見の品は唐織の臥蝶(ふせちょう)の丸紋を浮き織りにした綾絹(あやぎぬ)でつくられた袋でした。中には女三の宮さまのごくたまさかに出されたお返事のお手紙と、衛門督さまが御臨終に書かれ渡されなかった鳥の足跡のような字の読みづらい短いお手紙が入っています。もしわたくしの死んだ後に残せば誰の目にふれるやもしれないと、一度は筑紫で焼こうとして中を改めた時、ちらと見たことがございます。中身は

よく読みませんでしたが、

　目の前にこの世をそむく君よりも
　　よそにわかるる魂(たま)ぞかなしき
　命あらばそれとも見まし人しれぬ
　　岩根にとめし松の生(お)ひすゑ

というふたつの悲しいお歌だけは瞼(まぶた)の底に焼きついております。手紙の表には小侍従の君にと、上書きがしてありました。

　これをお読みになったら、わたくしが耄碌して世迷(よま)い言(ごと)をいったとはよもやお思いにならないでしょう。受け取られた中将さまの厳粛なお顔付きを見ましても、中将さまがすでにこの秘密を薄々感じられ悩まれていたことがわたくしにはわかるのでした。

　最後のお手紙の歌だけしか記憶にないといったのは嘘(うそ)でございます。どうしてあのぽつりぽつりと書かれた鳥の足跡のような涙ににじんだ文字を忘れることなどできましょうか。

「わたくしの病気は重く、いよいよ最期の時がやってきました。もう再び短いお便りを書くことさえ不可能になってまいりましたが、お逢いしたい気持はこの期に及んでいやましてつのるばかりです。

あなたは御落飾(ごらくしょく)あそばしお姿も変わられてしまったとか……あれを思いこれを思えば悲しいことばかりで……」

と書きさしたままになり、また筆をとり、墨がつがれて、端のほうに、

「やすらかに御誕生と伺う幼い方のことも、大切に御養育されているとか……なんの心にかかることもないのですが……」

とあり、命あらばの歌がその後につづいていたのでございました。

川波

✸

かわなみ

宇治の大君のかたる

中納言の薫君さま。

今こそしみじみと心の底を打ちわって御物語もいたしましょう。

わたくしの魂のさまよっているところは中有でございます。人は死ねば四十九日の間、あの世にも行きつかず、この世にも留まれず、中有に漂い流されております。現身は焼かれ、煙と消え果ててしまった後に、魂だけが現し世に思いを残して、気がかりなあたりをさまよい歩くのでございます。

今宵もわたくしの魂は住みなれたなつかしい宇治の山荘から離れることはできません。

父が、光君さまの限りなくお栄えになった頃から、京では暮らしにくいほどの失意を味わい、宇治の山里に引きこもり世捨人になった事情は、それとなく老いた女房たちからぼんやり聞かされるだけで、くわしい事情も知りません。世間からは八の宮と呼ばれ、桐壺帝の第八皇子として、光君さまには、異腹の実弟に当たる父を、光君さまがうとまれる深いわけがあったのでございましょう。

母は妹を産むとすぐみまかりましたので、父は出家の志を人一倍強く抱きながら、わたくしたち姉妹を男手で育てるのに心を砕き、素懐を遂げることもできなかったのです。母の死と京の邸の焼失が重なり、傷心の父は思いきって宇治へ引きこもってしまったようでした。

物心ついて以来、宇治の山荘にしか住まず、宇治以外のどこへも旅したことさえなく、夜毎、枕にひびく川波の音だけを子守唄ともして過ごしてまいりましたわたくしにとって、死後の四十九日の間も住みなれた山荘以外にどこへ行くあてがございましょう。

昨日も今日もこうして、魂はなつかしい山荘を訪れております。

なつかしい薫君さま、いいえ、恋しい恋しい薫さま。どうして生きているうちに、こうして誰憚らずあなたをお呼びできなかったのでしょう。

昨夜もあなたは、わたくしが息を引き取った部屋にひとりお寝みになり、川音の激しさにまぎらわして、切なく号泣していらっしゃいました。

「なぜ、生きて帰ってくれないのです。あんまりはかない想い出ではありませんか。わたしのまごころが死出の旅に出る瞬間には、つれないあなたにもようやくわかってくださったのではないだろうか。わたしが握りしめた掌に、かすかな手応えがあり、あなたの痛々しくやせ細った指がわたしの指にほんの心持ちからめられたのは、わたしの気の迷いだろうか。ああ、せめて、もう一度、口をきいてくれなくてもいい、現身のあなたを力一杯この腕にかき抱けたら」

あなたは呻くように独り言をいわれ、切なそうに身をよじって泣きむせばれるのでした。

いとしいあなた、こうも、死後までもあなたをお苦しめするわたくしこそ、責められていいと思います。

女房たちはどうやらみんな、わたくしとあなたが一夜は結ばれたものと思いこんでいるようです。妹の中の君でさえ、そう思いこんでいるらしい。忘れもしないあの一夜、思いもかけずあなたと共寝するはめになって朝を一緒に迎えながら、わたくしが夜一夜拒み通し、あなたはまた、それを強いて力ずくで従わせようとはなさらなかったなど、誰が信じてくれましょう。

あまりにも情がこわいと、いつでもあなたに怨まれたわたくしの強情はどこからきたものか、今となってはそれさえわれながら恨めしく思われます。

ご存じのように、世捨人になった父を、昔の八の宮にこびへつらった誰ひとり訪れようとはしませんでした。現在、世の勢いの流れを握っていらっしゃる方々にだけ、こびへつらうのが世の習いなのでしょう。わたくしたち姉妹は、世の中とは、物心づいた頃から静かで淋(さび)しく、川波の音だけが伴奏しているものだと思いこんで育ちました。

物語の中の男女のやさしい恋や、その愁(うれ)いやよろこびなどを教えられる前に、耳から入ったのは、川波の音と木魚と鉦(かね)の音にからむ父の読経(どきょう)の声でした。耳で覚えたお経を意味もしらず口にするわたくしたちを、父は涙を浮かべてほめてくれるのでした。

生母の顔も覚えない幼い姉妹を、父は人並に縁づける自信がはじめからなかったのではないでしょうか。できれば自分と一緒にみ仏の弟子にして髪をおろさせたいのが本音で、さすがにそれを切りだしにくく、心を残しながらこの世を去ったのではないかと思われます。

あれはわたくしが二十二、妹が二十の秋の暮れでした。はじめてあなたが、日頃父が帰依(きえ)している宇治山の阿闍梨(あざり)さまを頼って、山荘へお見えになりました。

亡母の遠縁に当たるとかで、いつからか山荘に引き取っていた老女房の弁(べん)の君(きみ)が、息を弾ませてわたくしと妹が碁を打っているところへまろぶようにかけつけてまいったのです。

「ああ愕いた、今、八の宮さまのところに薫中将さまがお見えになりましたよ。すっかり凛々しい殿御ぶりで……生きていたら、こんな嬉しい目にもあうものなのですね」

と言いさしながら声をつまらせ、外聞もかまわず涙を流しつづけるのです。

日頃は口やかましく気が強く、何かにつけて二言めには、京では、御所ではと、さも物知り顔に叱言を言うので、若い女房たちから煙たがられている弁の君の珍しい泣き顔に、わたくしたちのほうでびっくりしてしまいました。

弁の君はあなたのお生まれになった頃のことをよく存じあげているとかで、格別の想い入れがあるようでした。

わたくしも妹も、京のうら若い公達がこんな草深い所にあらわれたということだけで、まるで物語の中へでも引きこまれた感じで、わくわくしてしまったものです。気のせいか、父の居間のあたりから吹いてくる風が、えもいわれぬ芳しい匂いをしているように思われます。弁の君はひくい鼻をうごめかせて、

「ほら、ごらんなさいまし、このすばらしいいい匂い……これこそ薫中将さまの持って生まれた珍しい芳香でございます。さすが、光君さまの御子息だけのことはございます」

と言いかけ、弁の君はふっと口をとざし、あわてたように目をしばたたきまし

た。

あなたはちょうど妹と同い年でいらっしゃいました。なぜかまだお独り身で、お若いに似合わず仏道にお心を寄せられ、その道の先輩として父を心から慕ってくださっているということでした。

女房たちは、京でも有名な薫中将さまを一目見たさに、いらっしゃる度、そわそわと落ち着かず、その日のお召物の色とか、お供の品定めとかに、話題が弾んでおりました。

もちろん、わたくしたち姉妹は、お越しになったと聞くが早いか、奥の間へ逃げこむようにして息をひそめておりました。

「今時、あんな若者は珍しい。どうしてあの若さで、あの身分で、なんの不幸にも見舞われないのに、ああまで仏道に心を寄せられるのか。奇特なことよ」

と、父がわたくしたちに尊敬をこめて話してくれるようになりました。

それから三年ほど過ぎた秋の暮れのことでございました。父が山荘から更に山奥にある阿闍梨さまのお寺に入り、七日ほどの行(ぎよう)を勤めることになりました。

父がいないと思うと、すっかり聞き馴(な)れていた川音もおどろおどろしく耳に伝わり、夜風がひとしお身にもしみ、心細さは限りなく、妹とふたり身を寄せあうようにして、父の帰る日を指折り数えておりました。

そんなある日、いつにもまして霧が濃く、川も山も霧の中に沈みこみ、自分のいる部屋さえ、空中に漂っているようなはかない気のする気配でした。

心細さに妹とふたりで、琵琶と琴の合奏をして気をまぎらわしていました。父が音楽には殊の外趣味が深く、わたくしたちも幼い時から手をとって教えられていたので、たまには親子で合奏したりするのが単調な暮らしの中での、せめてものいい慰めになっていたのでした。

妹は琵琶を、わたくしが箏の琴を黄鐘調（黄鐘を主音とした、西洋音階のイ調に近い律旋音階）にあわせて弾いていました。お互い気が入って、いつもより冴えた音が流れるようで、波音と競うようについわたくしたちは時を忘れておりました。

ふと気がつくと、雲がくれしていた月がふいに明るくさしこみ、月光が川波を金鱗のように輝かせています。

「扇で月を招くとか昔の人はいったらしいけれど、この撥でも月は招けるようですわ」

琵琶を弾きやめた妹が撥をかかげて横顔に月光を受け、さし覗くその表情は、ほんとうに愛らしく美しいのでした。わたくしは、琴に身をもたれさせて、

「夕日を呼び返す撥のことは聞いたことがあるけれど、ずいぶん変わった想像を

なさるのね」

と、笑ってしまいました。とりとめもない冗談をいってすっかりくつろいでいた時、女房があわただしく入ってきて、

「どなたかお客さまがいらっしゃったようです」

と知らせたので、月を見るため巻きあげてあった簾を下ろして、あわててわたくしたちは奥へ入ってしまいました。

客人とはあなたでした。

「あいにく宮さまのお留守に参上してしまいましたが、おかげで、姫君たちの合奏を洩れ聞いて、かえって幸いでした。夜霧に濡れて来た苦労もしみじみ聞いていただきとうございます」

女房が伝えたあなたのおことばに、まさかふたりの姿までも垣間見られているとは知らず、つたない合奏が聞かれたかと思うと、穴にも入りたい恥ずかしさでした。

早くもあなたは霧にまぎれて簾のそばまで入ってこられ、気も顚倒した若い女房があわててさしあげた茵にゆっくりと坐られました。

「こんなけわしい山路をはるばる来ましたのに、これはずいぶんつれないおもてなしですね。こうして露にしとどになってまで度々お訪ねするわたしの誠意はも

う充分わかってくださってもいいと思うのですが」

「何事もわきまえのない田舎住まいの者ばかりでございまして、どういうお答えをしていいのかも存じませんで……」

あなたは逃げこもうとするわたくしの背に向かって、

「何もかも御承知のくせに空とぼけて、そんなふうにそらぞらしくおっしゃるのは情けないことです。すべてを悟っていらっしゃる父君のおそばに暮らされて、あなたも人の心のうちなどすべてお見通しでいらっしゃいましょう。わたしのしのびかねる心の悩みもお察しください。世間普通の好色な輩と同じには扱ってくださいますな。わたしは世の中では物堅い不粋人で通っています。まだ独身です。ただ話し相手になってくださり、退屈しのぎにうちとけたお便りでもいただく仲になってくだされば、どんなに幸せなことでしょう」

とおっしゃるのです。若い殿方からこんな間近で、こんなことばを聞いたことのないわたくしは、ぼうっと頭が霞んでしまいました。

幸いそこへ弁の君が来てくれたので、わたくしは奥へかくれてしまったのです。

あれがはじめてあなたというお方を知った最初でした。まさかその後、思いもかけない辛いことが次々起ころうなど、どうして予感できたでしょう。

はじめてのお便りも生真面目なもので、わたくしも礼儀として当たり障りのないお返事をさしあげました。

山寺から帰った父は、留守中のことを聞き、

「世にあり勝ちな色好みの人のように扱っては失礼に当たる。わたしに万一のことがあったらなど、あなたたちのことをいつか話のついでにお頼みしたので、気をつかってくださったのだろう」

と、かえって喜んでいるようでした。

父はいつでもわたくしたち姉妹を、世の中からつとめて隠すようにして育ててきましたが、自分の死後、全く世間知らずに育ってしまったわたくしたちが、路頭に迷うようなことにもなろうかと、その頃ひそかに案じていたようでした。そんな気持もあなたに心安だてにお話ししたのではないかと恥ずかしく、身のちぢむ思いでした。父は、

「こうして度々あなたがお訪ねくださるので、淋しい山の草の庵も、近頃はなんだか明るくなってきたような気がいたします」

など、あなたに訴えているようでした。

匂兵部卿宮さまが、初瀬詣での帰途、中宿りに川の向こうの夕霧右大臣の別荘にお泊まりになったのは、次の年の春でしたか。

あなたもお迎えに宇治までいらっしゃり、その夜は川をへだてたこちらまで、

賑（にぎ）やかな管絃（かんげん）の音が川瀬の音にも負けず聞こえてまいったのでした。

父は昔を想い出したのか、珍しくこちらからあなたにお誘いの歌を贈ったりしました。今を時めく匂宮（におうのみや）さまの御一行はお供の数だけでも実におびただしく、この日、京では上達部（かんだちめ）がほとんど留守になったと後に聞かされたほどでした。

川を渡って、あなたや匂宮さまのお供たちが山荘へいらっしゃった時の、父の嬉しそうな様子は忘れられません。われから世を捨てたとはいいながら、やはり京や御所の華やかな雰囲気は青春の想い出として、父の胸深くに眠っていたのでございましょう。

客にせがまれて、箏の琴を無造作に掻（か）き鳴らす様子も、いつもとはちがって若々しく見えました。

匂宮さまは御身分がら、そんな軽々しいことはおできになれないので別荘に残られ、やがて見事な桜の枝にそえてお便りが運ばれてきました。

　山桜にほふあたりにたづねきて
　　おなじかざしを折りてけるかな

これには捨ててもおかれないので、妹が女房たちにせかされて御返歌しました。

　かざしをる花のたよりに山がつの
　　垣根を過ぎぬ春のたび人

妹も生まれてはじめて、二十三にもなって男君と歌の贈答をしたのです。これがあの凶々しい運命の序曲になろうとは誰が想像できたでしょうか。

匂宮さまからはそれ以来、度々お便りがまいりました。父も、

「まあ、お返事だけはさしあげなさい。有名な好色者の宮という噂だから、若いあなたたちの存在を見捨てられないのだろう。そのつもりでさりげない返事をするように」

というので、いつもそれは妹の役目となっておりました。

父は重い厄年に当たっていることを気にして心が弱っている様子でした。わたくしたち姉妹への不憫が、臨終の障りになろうと、口癖にいうのが辛くてなりません。気の弱ったせいか、

「もう今となれば、それほどの人間でなくても真心さえあって親身に世話するという者があらわれたら、ふたりのうち一人だけでも結婚してくれたほうが安心な気がする」

など、独り言めいてつぶやかれると、日頃の気位の高さなど、どこへ消えたかと情けない気持になるのでした。

あなたはその秋、中納言に昇進され、いよいよ御立派になられ公務もお忙しいのか、以前のようには宇治へも立ち寄ってくださいませんでした。それだけに新

中納言としての御挨拶がてら、七月に入り、早くも秋の気配のする宇治へ久々にお訪ねくださいました時の父の喜びようはありませんでした。躯(からだ)もどことなく弱っていたせいか、

「わたくしが亡くなりました後も、よるべのないこの姫たちをお見捨てなく、たまには見舞ってやってください」

など、心細いことをお願いしたことも、女房から聞いております。あの夜の父は全くおかしな振舞いばかりいたしました。わたくしたちが息をひそめている部屋へ来て、しきりに中納言さまが望んでいらっしゃるから琴をお聞かせせよというのです。奥といってもほんとに手狭な住まいで、その声がそのままあなたのお耳に入るような間取りです。わたくしは困りはてて、仕方なく、少しだけ箏の琴を掻き鳴らしました。父はその後、

「ここまでお引き合わせしました後は、若い人どうしで、どうぞ」

など、妙に気をきかしたようなことを言いながら仏間に入ってしまいました。

あれは月の美しい静かな夜でした。弁の君を呼ばれ、何やらしんみり話されているあなたのお姿を月光が簾越しに透かせて見せ、絵のようでした。わたくしに向かっても何かと話しかけてくださる御様子が、いかにも誠実そうで浮いた調子がなく、まるで博士か何かのように堅苦しい感じさえします。それが頼もしいと

いうことなのかと、若い殿御との交際に未経験なわたくしは考えておりました。

　秋の気配の深まる頃、父は何か思いつめたように山寺の阿闍梨さまのところへ入ってしまいました。入山に当たって、いつもにまして気掛かりな風でわたくしたちに懇々と後の心得など諭すのでした。

「生きている以上、死別はお互いまぬがれないことです。その時、頼りになって慰めてくれる人がいてこそ救いもあるものだが、誰も頼りにできる人もないあなたたちを残しては死ぬにも死にきれない気がします。万一わたしの死んだ後には、わたしばかりか、亡くなった母上のお顔に泥をぬるような軽率なことは決してしないように。よくよく頼りになる人以外には、甘い口車に乗せられてこの山荘を出るようなことをしてはなりません。世間の人たちとはちがった星のもとに生まれたのだと考えて、月並な結婚などせず、ここでひっそりと生涯を終わる覚悟をお決めなさい。そうきっぱりと決心さえしてしまえば、それなりに歳月は流れていくものです。まして女は、男にもてあそばれて捨てられるのがおちだから、ひっそり暮らして、とかくの評判になるような不体裁なまねだけはしないことです」

　涙ぐみながらおっしゃる御様子が、永の別れでも告げるようで、不吉にも心細いのでした。

取り残されてわたくしたち姉妹はいっそう心を寄せあい、ふたりのうちどちらかが先に死ねば、どうやって生きていこうなど心細いことを語りあっていました。もう父の下山の日も今日、明日と指折り数えている所へ、山から突然、父が御病気との報せがあり、おろおろしているうちに八月の二十日ごろに、父の死が報されてきたのでした。なきがらにもお逢いできないまま、すべての葬送の事は終わっておりました。

その後の魂も抜けはてたような茫然自失のところへ、匂宮さまと、あなたが度々おやさしいお慰めのお便りをくださいました。妹はもうすっかり気落ちがして、宮さまへのお返事も書けない状態でした。

秋の暮れに、あなたがお訪ねくださいました時は、どんなにありがたくなつかしかったことでしょう。父との生前のお約束などしみじみ語られ、必ずわたくしたち姉妹を守ってくださると誓われるのもありがたいのに、あなたに恨まれるほどよそよそしい態度しかとれないのは、世慣れぬからとはいえ、何かしらわたくしにはあなたが怖かったのです。あなたがというより、あなたの御厚意に甘えていく自分の心の傾きがと申したほうが正しいでしょうか。

年の暮れに雪を踏みわけて、またあなたがお訪ねくださいました時、匂宮さまの取持ちをするようなことをあからさまにおっしゃいました。

「宮さまへのお返事はどなたがなさるのでしょう」

など思いがけないことをお尋ねになられるので、思わず、

「あなた以外の男の方に、わたくしはお手紙を書いたことはございません」

と、申しあげましたら、どうおとりになったのか、ふいに馴れ馴れしい懸想(けそう)じみたことを世間の男並におっしゃるので、いやになってしまいました。

　年が改まり、噂では三条のお邸が焼失して、あなたは六条院(ろくじょうのいん)にいらっしゃるとか、三条のお邸の新築工事が着々進んでいらっしゃるとかで、久しくお見えにならない日がつづきました。

　そうこうするうちに早くも父の一周忌を迎えていました。どうやってあの悲しみの中でふたりとも一年間、死にもせずに生きてこられたのかしらと、妹としみじみ話しあったものです。

　あなたはまめやかにこの日も早々とお越しくださり、仏事の願文(がんもん)など書いてくださるのもありがたいことでしたが、この頃何かにつけ、折りにふれ、わたくしへ懸想らしいことをおっしゃるようなのがわずらわしいのです。頼る人もないままに、つい何かと立ち入った相談ごとなどに乗っていただくのが、いけなかったのでしょうか。そんなほのめかしのたび、わたくしが、迷惑そうにするのを恨まれながら、それならと、妹に匂宮さまを取持ちなさるのも心外でした。

匂宮さまは世間の評判ほど浮気でも色好みでもないと、しきりに保証されるのですが、わたくしには何やら信じられないのです。弁の君などにも取りいって、何かと仲を取りもたせようとなさるのも面倒でした。

中納言さま、いとしいあなた。

そんなに子供のように激しく泣きじゃくらないでくださいまし。今夜は常にもまして夜風が激しく、川瀬の音がすさまじくとどろいております。その波音よりもあなたの泣き声のほうが高いのです。女房たちにも気づかれましょう。どうかもう、そんなにお泣きにならないで。

わたくしの死をそれほど嘆いてくださるあなたの真実のお心に、わたくしが死ぬまで無関心だったとお思いになりますか。何日も泊まりこみでわたくしの臨終を看取（みと）ってくださったあなたに、生きている間にどれほど感謝の言葉をお伝えしたかったことでしょう。

それも叶（かな）わず、自分の心の底を打ち割ってお見せしたい時には、もう舌もしびれ、声も出ない有様になっておりました。

それにしても、なんというちぐはぐな、わたくしたちの仲のもつれだったことでしょうか。

一周忌の支度にいらしてくださったあなたは、その日は日暮れまで時を過ごされ、泊まっていくとおっしゃいました。お世話になりっぱなしで、夜道を帰ってくれとも申しあげにくく、あわてて仏間を俄仕立ての客間にして簾や屛風で隔てをつくりました。そんなはかない仕切りの隔てが心細く、わたくしは女房たちにそっと、

「今夜は皆、側で寝ておくれ」

と言いましたのに、女房たちは妙に気をきかせたふりをして、いつの間にか一人消え二人消え、誰もいなくなっていたのです。

御仏前の灯明をかきたてる女房もいないので、次第に薄暗くなるにつれ、気味悪く心細くなってきました。呼んでも皆寝静まったのか、一向に誰も来ないのです。

あなたはまだ屛風の向こうからしきりに話しかけられてくるので、もうたまらなくなり、

「気分が悪くなりましたから、少しやすませていただきます。明け方にでもまたお話しいたしましょう」

と、奥へ逃げこもうとしたとたん、あなたはすかさず、

「山路を踏みわけまいりましたわたしは、ましてどれほど苦しいことでしょう。こうしてせめてお話ししていただけるので慰められているのです。それを見捨て

て置き去りにされるとは、あんまりつれないお仕打ちです」

言いざま、屛風をそっと押し開けると、いきなりそのまま簾の中へ入っておしまいになったのです。何もかも覚えていらっしゃいましょう、あの夜のことは……わたくしは逃げる裾をあなたにしっかりと押さえられて、あまりのことにただもう恥ずかしく情けなくて、

「あなたがかねがね隔てなくとおっしゃられたのは、こういう不埒なことをなさることだったのでしょうか。思いもかけないお振舞いですこと」

と、抑えきれない怒りをあらわにして難詰いたしました。

「隔てをおかないわたしの心を一向にわかっていただけないので、なんとかしてお教えしたくてお近づきしたのです。思いの外の振舞いとは、どう気を廻されてのことでしょうか。あんまりな情けないお言葉です。み仏の前で誓いもいたしましょう。そんなに怖がらないでください。これ以上お気持を決してそこねるようなことはいたしません。人はまさか信じはしないでしょうが、こうと決めたら、愚直なほどそれを守り通す性質ですから」

言うなり、仄かな灯影にわたくしの髪がこぼれかかっているのを、近々と軀をよせ指でかき払って、顔をさしのぞかれるではありませんか。いろいろ慰めたりなだめたりしてくれるほど恥ずかしさと情けなさに心が沈みこみ、

「こんなお心とも存じあげず、すっかり気を許して、自分でも不思議なほどお親しくさせていただきましたのに、ここまでふみこまれて、鈍色（にびいろ）の喪服に包まれたうちしおれた情けないこんな姿まで見ておしまいになるなんて、なんという思いやりのないお仕打ちでございましょう。あなたを信じすぎた自分のいたらなさも思い知らされて、ほんとに口惜（くちお）しゅうございます」

恨みながら、やつれた墨染めの姿の身のおきどころもなく、恥ずかしくて消えもしたい想いでした。

「そうまでお怒りになるのは、なにかよくよくのわけもおありなのでしょう。こちらこそ気がひけて恥ずかしく言葉もありません。これまでの長い年月のわたしの誠意を認めてくださったなら、喪中を口実に責めるなど、あまりに水臭いことと思われます」

と、かえって恨めしげにいわれ、二年前有明の月影の中で、わたくしたち姉妹の合奏をもれ聞かれ、覗き見したことからときあかし、これまでの歳月の積もる想いを、綿々と語りつづけられるのでした。

想ってくださるお気持が嬉しいと思うより、何もかも見られていたのかという恥ずかしさが先だち、そんな下心をおくびにも出さず、長年神妙らしく訪ねて来られたことが口惜しくてなりません。

短い几帳（きちょう）を仏間との隔てにおしやって、あなたは当然のようにわたくしの横に寄り添い寝られたのでした。

わたくしの髪をしみじみ撫（な）でられるだけで、決してそれ以上手荒なことはなさらず暁方までそうしていられたのです。嫌だと怒りながら、なぜあの時、わたくしは逃げ出さなかったのでしょうか。あなたのしみじみと情を尽くした語らいの中に、時には短いながらもお返事したりしたのはなぜなのでしょうか。

髪にさわるあなたのお掌（て）が、決して気味悪くも鳥肌立つ嫌悪を呼ぶでもなく、そうされることに次第に心安らぎ、ふと、全身の骨がぬけるようなけだるい気分になっていたのはなぜなのでしょう。

「生き永らえれば、こんな思いがけない悲しい目にもあうものなのですね」

など、いいながら、ふと、顔はあなたのお胸に埋もれていくのはどうしたわけだったのでしょう。

女房たちは、いよいよ気をまわしたらしく一向に近づきません。そのうちあっけなく夜が明け、お供の人々の咳払（せきばら）いなど聞こえ、馬のいななく声も聞こえてきました。

東の障子を引きあけられ、

「出ていらっしゃい」

と、誘われるまま、わたくしは我にもあらずにじりよって、あなたと並んで朝焼けの美しい空を見上げていたのでした。

「たとえ軀は結ばれないでも、こうして月も花も同じ心で楽しみながら、はかないこの世の有様など打ちとけて話しあって暮らしたいものですね」

あなたのお声やものごしが、あんまりおやさしいので、つい気持もほぐれ、

「こんなふうにあからさまにお顔をあわすのではなく、物越しにお話しできるのでしたら、ほんとに気がねな心の隔てなど少しもしないでしょうに」

とつぶやいてしまいました。明けるにつれてあたりに恥ずかしく、

「せめて今のうちにお引き取りください」

とお願いするのに、あなたは一向に落ち着きはらって、お帰りになりそうもないのでした。

「これから後は、おっしゃる通りいたしましょう。でもせめて、今朝だけはわたくしのお願いしている通りにして帰ってくださいませ」

困りきって、わたくしはあなたに取りすがりました。

「ああ、辛い。暁の別れなど、まだ経験もないので、ほんとにまごついてしまいます」

ため息などなさって、あなたはやはりぐずぐずなさるのでした。

ようやく障子口まで送ってくださり、あなたは仏間に入ってまたおやすみの様子でした。

わたくしはひとりになって、女房たちがなんと思うだろうと、恥ずかしくてならないので、すぐにも横にならないで思い迷ってばかりいました。こんな時親身になってくれる身内がいない悲しさを改めてしみじみ思うのでした。

あんな目にあったのに、あなたのお人柄がそれほど嫌とも思えず、亡き父も「先さまさえその気があれば」などあなたとの結婚を望んでいるような口ぶりでいったことなど思い出され、心が乱れてなりません。

けれどもやはりわたくしは独身で通すことにしよう、自分よりはずっと容姿も美しく今が盛りの若さに輝いている妹の中の君だけは、このまま朽ちさせるのは惜しいから、人並に結婚させられたらどんなに嬉しいだろう、もしあなたが妹と結婚してくれるなら、心のかぎりを尽くしてお世話しよう、それにしても自分の老いの身の世話は誰がしてくれるだろうかと思い迷うのでした。

あなたがごく平凡なありふれたお方であったなら、こうして親しんできた年月のせいで、求婚に応じる気持にもなったかもしれません。でも、あまりにも御立派なのでかえって気がひけてお側にも近寄れない気がするのです。やはりわたくしはこのままひとりを通そうと思い定める端から、なぜか涙があふれて、せきあげる声をしのんで泣き明かしてしまったのでした。ひどく気分が沈んでたまらないので妹の寝ている奥の間に入り、寄り添ってやすみました。妹は嬉しそうに夜着をかけてくれました。すると、ふいに自分でもどぎまぎするほどあなたの移り香がくゆりたち、思わずわたくしは全身が熱くなりました。

妹もはっとした様子をいつになくさりげなくまぎらし、口をきかずすぐ寝息をたてるふりをするのも恥ずかしいことでした。

総角

★

あげまき

宇治（うじ）の大君（おおいぎみ）のかたる

恋しいなつかしい薫君（かおるのきみ）さま。

あなたもわたくしを女房たちのいうように、かたくなで情のこわい、可愛（かわい）げのない変人と、お考えだったでしょうか。

弁（べん）をはじめ女房たちは、父宮の亡くなられた後の限りもない心細さを、あなたおひとりに頼って、願ってもない縁組みだと思い、なんとかあなたとわたくしの縁談をまとめて、わが身の将来の安泰もはかろうと思っていたようです。そのため、わたくしがあなたの求愛に素直になびかないのを苛立（いらだ）たしくはがゆく思い、聞こえよがしにわたくしをなじり、わたくしを無視して、あなたをわたくしの部屋にお入れしようとはかっているようでした。

わたくしたち姉妹にとっては、女房たちが唯一の身を守る砦（とりで）ですから、こうなってはいまでたちが一番油断できない存在になってしまいます。孤立無援の中で、わたくしは次第に妹とあなたが結ばれてくれることを望むようになりました。

妹の中の君はわたくしよりも若々しく美しく、愛嬌があり、女としても匂うような花盛りです。父宮の一周忌も終わり、墨染めの喪服をぬぎ薄鈍色に着かえた時、姉のわたくしさえ、はっとするほどみずみずしい女らしさが匂いたち、なまめかしさに目をみはってしまいました。

わたくしが髪を洗ってやり、梳ってやりますと、妹ながら惚れ惚れするような女らしさにうっとりしてしまいました。こんなに美しいのだもの、あなたにさしあげても、きっと喜んでいただけるだろうと思うと、もうそうするしかないような気持になってしまったのです。

わたくしはあくまで親代わりになって、この妹の幸せを見守り、面倒を見てやらねばならないと思いつめました。

あなたが訪ねてくださっても、

「気分が悪くて、臥せっておりますので……」

など、いいわけばかりして会うのを拒み通しました。その間に妹にもそれとなく話してみました。

「女房たちがこの山住みをいやがって将来を不安がっています。だんだん、わたくしを強情だといって憎んでいるようです。でも父宮の御遺言もあることだし、わたくしはここに住むのが一向にいやではないのです。でも女房たちの不平も一理あることだし、ふたりしてここに埋もれてしまうのもどうでしょう。あなたを見ていると、このまま、こんな山里に埋もれ朽ちさせていくのが可哀(かわい)そうでなりません。せめてあなただけでも人並な結婚をさせてあげたい。そうなればわたくしは母がわりに面倒みて、姉としての責任が果たせるような気がします」

言うより早く、中の君は、

「何をおっしゃるの。父宮はお姉さまおひとりに御遺言なさったのじゃありませんわ。わたくしのほうがずっと頼りないので、男にだまされて不幸な身になるより、ここに静かに埋もれて清く身をまもれとおっしゃったのです。こうして淋(さび)しくても姉妹ふたり寄り添って、おだやかに暮らすのになんの不足がありましょう」

と、恨めしそうに抗議するのがいとしくいじらしくて、何もいえなくなりました。

あの日、あなたは、黄昏(たそが)れても一向にお帰りになる気配はなく、女房たちをしきりに手なずけていらっしゃるようでした。

弁がわたくしにくどくどと、このままではあなたがあまりお気の毒だとわたくしを責めるのです。まるでわたくしの手を引っ張らんばかりにして、あなたになびけと責めます。悲しくて、親のひとりでもいらっしゃったならと思うと、涙があふれてまいります。中の君はおっとりしていて、まだこういう相談相手にはなりません。途方にくれて、奥に向いてしおれて坐(すわ)っていると、女房たちは口々に、

「さあ、もっと華やかなお召物にお着かえなさいませ」

などとそそのかして、婚礼の支度のつもりでいるのが、もう情けなくて呆(あき)れはてるばかりです。せまい住まいでこんな時、身をかくす場所もないわびしさ。あなたがお心の底でこんなさわぎをどう軽蔑していらっしゃるかと、それも恥ずかしくて……。

弁が来たので、

「薫君さまが、わたくしを恨んでいらっしゃるようだけれど、わたくしは昔から結婚など思い捨てているので、こういうお申し出も本当に困るのです。ただ、中の君が美しい若盛りをこのまま埋もれさせてしまうのは残念で、可哀そうです。もし、薫君さまが心底から亡き父宮をお慕いくださるのなら、わたくしも中の君も同じと思っていただきたいのです。もし、中の君と結婚してくだされば、軀(からだ)は別々にわかれていても、わたくしの心はみな中の君に預けて、わたくしも共々結婚しているような気持がするでしょう。だからどうか中の君を身代わりとしてく

ださるように、わたくしの気持をお伝えしてください」

と、しみじみ言いきかせました。弁は涙を拭きながら、

「おいたわしいことをおっしゃいます。よく大君（おおいぎみ）さまのお気持はお伝え申しあげているのですけれど、薫君さまは、『とてもそんなふうに右から左へ気持を移すことはできない。また中の君には匂宮（におうのみや）が想（おも）いをかけていらっしゃるので、ただではすまないだろう。中の君のことは匂宮におまかせすることにして、その点はわたしも充分骨を折ってお世話申しあげよう』とおっしゃいます。これも願ってもない良縁でございます。御両親が御在世でお心を尽くされましても、こんな結構な御縁談がつづけさまにあることなど、めったにございますまい。

失礼ですが、このような心細いお暮らしぶりでは、行く末はどうなることかと心配でなりません。男君（おとこぎみ）の先々のお心まではわかりかねますが、お二方とも結構なお幸せな御運勢にお生まれだと拝されます。亡き父宮さまの御遺言をお守りなさるのはごもっともですが、それはいい人にめぐりあわず不似合いな殿方との御縁組みをなさることを御案じなさったのでしょう。『薫君にもしそういう気持がおありなら、わたしの死後、姉妹のうち一人だけは結婚してくれたら、どんなに安心だろう』と、いつもわたくしにおっしゃっていらっしゃいました。女は親に先立たれますと、身分の貴賤（きせん）にかかわらず、思いもかけない境遇に落ちぶれさ

すらうことも多いと申します。こんな結構な御縁談が起こり、あちらは真心こめて求婚なさるのですもの。それをあんまりそっけなくお断りになって、かねての御念願通り出家あそばしたとしても、まさか雲や霞(かすみ)を召し上がってはいらっしゃれないことですし……」

と、たいそう憎らしい聞きづらいことまで、くどくど言いたてるので、不快になってそのまま、うつ伏してしまいました。

中の君もそんなわたくしがあわれになったのか、その夜はいっしょに寝ようと側(そば)に来てくれました。わたくしは弁たちがここへあなたをお引き入れするのではないかと気がもめましたが、身を隠す場所もないので、柔らかな美しいお召物を中の君にかけてあげて、少し離れるよう寝返りをうって遠のいて寝(やす)みました。

夜に入って、風が荒々しく吹きつけ、古びた蔀(しとみ)などがきしきし鳴っています。わたくしはまんじりともせず耳をすましていましたので、風音にまぎれるよう近づいてくるあなたの足音を耳ざとく聞きとり、夢中でそっとその場をぬけだしました。

中の君は何も気づかず無心にすやすや寝入っています。可哀そうで胸もつぶれる想いがして一緒に隠れるべきだったと後悔しながら、震えをこらえて、そっと見ていると、袴(はかま)も狩衣(かりぎぬ)もとった寝支度のあなたが仄(ほの)かな灯影(ほかげ)に浮かび、いかにも物馴れた様子で几帳の帷を引きあげて入っていらっしゃいました。

中の君がどんなに驚くだろうと不憫でたまらず、壁ぎわの屛風の陰に身をすくませたまま身じろぎもできません。中の君がどんなにわたくしを恨むだろうと思うとたまりません。父宮が最後に山へお入りになった時、ふたりで見送ったお姿が瞼に浮かび、なぜわたくしたちを残して逝かれたのかと涙がせぐりあげてくるのでした。

あなたのなさることは見まいとして袖で目を掩っていてもお声は聞こえ、気配は痛いほど伝わってまいります。

「ああ、こうして今夜こそおひとりで待っていてくださったのですね」

あなたの震えるおことばにつづき、あなたが中の君の着ているものにお手をかけられて……この前の夜あなたがわたくしになさったすべての手順が目に浮かび、恥ずかしさと愕きで気も失いそうになっている中の君の怯えまでひしひしと伝わってまいります。

やがてわたくしではないと気づかれたあなたが小さく「あ」と洩らされたお声をどうして聞きのがせましょう。

「あなたでしたか……。あなたは何もご存じなかったのですね。だからそんなに痛々しく震えていらっしゃる……許してください。わたしは前々から大君をお慕いしてこちらへ通っていたのです。大君は御気性がしっかりしていらっしゃって情がこわく、なかなかわたしの気持にこたえてくださいません。それでも情けないほどあきらめきれず、女房たちにまで恥ずかしい想いをしてはるばる通いつづけているのです。今夜はようやくお心を解いてくださると女房が案内してくれたので、雲を踏むような気持でここへ伺ったのです。わたしを世にも礼儀知らずな男とさげすまないでください。大君はあなたを自分の身代わりに愛してほしいといわれました。わたしをよほど軽薄な単純な人間と思っていらっしゃるのでしょう。ひとりに断られたから、はいそうですかと、すぐその人の妹君に心を移すような不真面目(ふまじめ)な気持をわたしは持っていません。大君は世の中の男はすべて色好みで移り気と信じていらっしゃるのです。そういう男のひとりとわたしまで見くびっていらっしゃるのです」

　あなたのお声は次第に熱して、そばにいる中の君にというより、どこかにかくれているわたくしに聞かせようとのお気持とみえてきました。おことばの一言一言が痛い針になってわたくしの心を刺し通します。

「はじめは世の中を離れてこういう御生活をしてこられた為(ため)、世間知らずでただもう警戒心だけがお強いのだと思いました。けれども、こんなさりようをみると……大君は心底、情のこわい冷たいお方としか思えません」

「いいえ、姉君はそんな人ではありません」

たまりかねたように中の君が震える声でか細く抗議してくれた時、いとしくて思わずかけよりたい気持がしました。

「ああ、姉君をかばっていらっしゃるのですね。あなたはなんというやさしいお方だろう。大君とは似もつかぬ素直なお心なのですね。このゆたかな美しいお髪(ぐし)、たおやかなお軀つき、同じ血をわけた御姉妹だもの、似ていらっしゃるのは当然だけれど……なんと大君とそっくりでしょう。でも、わたしは自分でも歯がゆいほど融通のきかない男で、軽々と心がひるがえらないのです。あなたをこのまま抱きしめたら……泡雪をとかすように、わたしの情熱であなたの身も心もとかしてしまえたら、どんなに幸せでしょう。でも、それではあまりにもあなたを侮辱したことになります。わたしは男女の仲はお互いの心が許しあい、止(や)むに止まれない熱情で結ばれる姿が美しいと信じています。男の地位や財産や、力ずくで、女人(にょにん)を意に従わせるのは男の恥だと思う人間なのです。わかってくださいますか。こんな武骨な面白味のない男を、あなたもお嫌いになるでしょうね。あきれていらっしゃるでしょうね……そんなに震えないでください。み仏や故八の宮さまの御霊(みたま)に誓って、決してあなたに手荒なことはしませんから……もっと身も心も楽にして、せめて、わたしの腕の中でやすらかにやすんでください……ほんとに何もしませんから……」

ああ、屏風の陰でわたくしの胸に針ではなく、鋭い刃物の先が刺しこまれたような痛みが湧いたのです。あなたの胸にあなたの腕で抱きよせられている中の君のたおやかな姿が目にありありと描かれます。中の君がまるでわたくし自身のような甘い錯覚と同時に、わたくしではない中の君が今、あなたの腕の中にいると思う切ない心のきしみが胸をしぼりあげてくるのです。この覚えのない感情がもしや嫉妬というものかもしれないと思ったのは、もっと後になってのことでした。人間の心の襞(ひだ)には、自分でもわからない不思議な様々な複雑な感情が縫いこめられているようです。

それから夜明けまでのなんという長さ……あなたとふたりで過ごした夜は、長さも覚えないほど心が張りつめ通していました。けれどもこの夜の一刻一刻は、身を切り刻まれるような切なく長い時でした。

あなたはしみじみとした口調で、父宮の想い出や、若くして御出家あそばした御生母のことなど語りつづけられました。

匂宮さまが中の君にお心をよせられていることなども話されました。

「世間では匂宮のことを、浮気な好き者のように噂(うわさ)していますが、決してそんな方ではありません。御身分がお高いので思うように出歩くことが叶(かな)いませんが、あなたに見ぬ恋をしていらっしゃるのは、かりそめごとではないと思われますよ。頼りになさるには、あれ以上の立派な方はないでしょう」

など、こまごまとお話しなさるのに、中の君はなんのお返事もいたしません。素直でおだやかな性質の中の君のおし黙った雰囲気から、わたくしに裏切られたと怨んでいる悲しさが伝わってきて、わたくしは駆けだしていって抱きしめたいように思いました。

「あなたの美しさ可憐さに心惹かれない男など世の中にはおりますまい。もちろんわたしもこのままあなたと契りを結べば、たちまちあなたに溺れこんでゆくことでしょう。けれどもそうできないのがわたしの持って生まれた不自由な性格です。だからこそ世にも冷たい大君などに惹かれるのでしょうか」

など少しお笑いになって、夜明け前には、

「あなたもわたしに同情して好意を持ってください。あのひどい冷酷な姉君の真似など見習わないでください」

などいい聞かせ、後の逢瀬の約束などもなさって、部屋をお出になりました。

弁がやってきて、

「夕方から中の君が見当たらないけれど、いったいどこへいらっしゃったのかしら、変だこと」

などつぶやいて行ってしまいました。夜が明けきってから、わたくしは蟋蟀のように壁ぎわから這い出てそっと中の君の傍に身を横たえましたが、そこに濃く立ちこめているあなたの残り香にむせるようで、ふたりともきまりが悪く押し黙って背を向けあっていました。

中の君がどんなに怨んでいるかと思うと、声もかけられません。

昼前、ひとりでいるわたくしの前に弁が来て、もうあなたはお帰りになったと告げ、けわしい顔で申しました。

「とんでもないことをなさってくださいましたね。薫君さまはよほどこたえられたと見え、早々とお引きあげになりました。『昨夜のことは心の底から恥ずかしく顔も上げられない。身投げしたいような気持だ。かといって故宮にお頼まれしたことを思うとそうもいかない。もう色恋めいた気持はおふたりのどちらに対しても持つ気はない。しかしこの恥ずかしさ苦しさは忘れられそうにもない。匂宮が親しそうにお文を通わせていらっしゃるとか。同じことなら身分のお高い方へというお気持がおありなのだとようやく察しられる。そう思うと、いっそう気がひけて、またのこのこやって来て女房たちに顔をあわすのも忌々しくて……まあいいだろう……こんな馬鹿げたわたしのことは、外の誰にも洩らしてくださるな』と怨み言をおっしゃいました。それにしても昨夜のなさりようは、あまりといえばお心強さが度を越して、可愛げもありません。お話を伺って、わたくしもがっかりして腰がぬけたようになりました」

と、くどくど言いつづけます。女房たちは、

「大君には魔物か鬼神でも憑いているのかしら。あんな美しいお方を袖にするなんて」

「まあ縁起でもない。ただこんなお育ちで、世間知らずなだけですよ。そのうち男君に馴れたら、普通にお慕いしますとも」

「早く何もかも許してしっくりなさればいいのに……」

など無責任な口をきいています。

わたくしはこのままだと、あんまり中の君が可哀そうだと気が気でなく案じているところへ、あなたからの後朝のお文が届きました。

秋というのに、まだ青い楓の、片枝だけ濃く紅葉したのにお文をつけて、

　おなじ枝をわきてそめける山姫に
　　いづれか深き色ととはばや

とあります。姉妹のどちらに深く想いをかけているのかわかっているのですかという意味の歌を、さりげない包み文にしてあるのは、昨夜のあの一件はそれとなくうやむやにまぎらわそうとなさるおつもりなのかと、胸もつぶれる想いがし

ます。そばから女房たちが口やかましく早く早くとせかせるので、中の君にそれをさせるのも可哀そうで、かといってわたくしも書きにくく、

　山姫の染むるこころは分かねども
　　うつろふ方や深きなるらん

と、ようやく書きました。山姫の心はわからないけれど、あなたのお心は紅葉したほう、中の君のほうに心が移っていらっしゃることでしょうと書きながら、本当にその通りになってほしいと思い、またそうなれば淋しいだろうとも心が思い乱れておりました。

薫君さま。

まだあの頃は苦しい中にも余裕がありました。まさかあなたがあんなひどいことを企(たくら)まれようとは……。

彼岸も果てて美しい秋日和(びより)のことでした。

夜になって突然あなたがお越しになり、わたくしに話したいことがあると弁に言い、

「中の君の許(もと)へはその後でゆくから前のように案内してほしい」

と、おっしゃったとか。それではやはり、お心を移してくださったのかと、ほっとして、廂(ひさし)の間(ま)の障子にしっかりと錠を下ろして御対面しました。あなたは、

「ここでは人に聞かれるほど大声を出すのもみっともないことです。もう少しお開けください」

と、おっしゃったけれど、わたくしはお開けしませんでした。それでも、中の君に心を移したことをちょっと挨拶したいのだろうから、あんまり無愛想にもせず適当にあしらって、早く中の君のほうへ行っていただこうと思い、襖（ふすま）のほうへにじりよりました。そのとたん障子の向こうから袖をとらえ、引き寄せられて、前の夜のことをたいそう恨みがましくおっしゃるので、なんていやなことをなさるのだろうとがっかりして、どうして甘い口車に乗ってしまったのかと後悔しながら、中の君をわたくし同様に思って愛してくださるようなど、つとめてお願いしたものです。するとあなたは、

「実は匂宮が後を追って来られたので断りきれず、こちらへ御案内しました。もう今頃はこっそり中の君の所へお入りになったことでしょう。こちらの利口ぶった弁がたぶん御案内したと思います。どうやらわたしはあなたには嫌われ、中の君は匂宮に奪われ、どっちつかずの中途半端な人間になって人の物笑いになることでしょう」

と、ぬけぬけとおっしゃる憎らしさ。目も眩（くら）むばかりに呆れ驚いてしまいました。

こんな手のこんだ悪企みをなさるお方ともまさか思わず、今まで気を許しきって親しくしてきたことが心の底から恥ずかしく口惜しく、この間につづいて今夜もまた、全く予告もなくいきなり男にふみこまれた中の君が可哀そうでいたたまれません。

「今はもう仕方がありません。これも宿世の縁とあきらめてください。このおわびは何度でも申しあげますが、それでもお腹立ちが直らないならお気のすむようわたしを抓りでも捻りでもしてください。あなたはどうやら身分の貴い方にお心を寄せていらっしゃるようですが、この世の縁はさっぱり思うようにゆかないもので、あちらは中の君に思召しがおありの御様子。それにつけてもこのわたしはどうすればいいのやら。どうかもうあきらめてください。いくら錠をしたところで、もう女房たちはわたしたちの仲を潔い仲だとは思わないでしょう。匂宮だって、まさかわたしがこんな情けない夜を明かしているとは想像もされないでしょう」

あなたは障子も引き破りそうに興奮していらっしゃいましたが、わたくしはただもう情けなく、

「あなたのおっしゃる宿世の縁など目にも見えず、わたくしにはさっぱりわかりません。いったいわたくしたち姉妹をどうなさるおつもりでこんなひどいことを

なさったのですか。夢を見ているように情けなく口惜しくてなりません。後の世にこのことを面白おかしく伝えられ、愚か者の例として恥ずかしい物語の種にされることでしょう。こんな念入りな企みを匂宮さまだってどうお取りになるでしょう。もうこれ以上恐ろしい辛い思いをさせてわたくしたちを困らせないでください。気分もとても悪くてたまりませんので、しばらく休みます。お手をお放しください」

と、言うのが苦しくてようやっとでした。

「ああ、あなたのお気持にさからうまいと思えばこそ、こんな耐えがたい辛い辛抱もしているのです。それをあんまりなお憎みようで、あきれてかえす言葉もありません。もはやこの世に生きていく望みも失せはてました」

と、おっしゃって、やっとお手を放してくださいました。そのまま奥に逃げようとしたものの、さすがに振り捨てていくのもためらわれておろおろしていると、あなたはお優しい声で、

「お願いです。そこにいらしてください。せめてそこにいらっしゃる気配だけでも慰めにして、夜を明かしましょう。決してこれ以上無体なことはいたしません」

と、言われます。

いっそう激しくなった川瀬の音に目も冴え、そのままふたりとも、まんじりともせず夜を明かしてしまいました。

匂宮さまとあなたが翌朝あわただしく立ち去られた後の山里で、わたくしたちはふたりとも、まだ夢のようで信じられない事態に茫然としていました。中の君が、今度もすべてわたくしが仕組んだことと思いこみ、視線も合わせないようにして怨み憎んでいるのに、わたくしは弁解もできず、ただもう辛く苦しいのです。

女房たちは思いがけない事の次第に、あっ気にとられなんとなくさぐりをいれてくるものの、わたくしが気も失いそうな有様なので、みんな黙りこんでいます。

そのうち匂宮さまからの後朝のお文が届き、わたくしが開いて見せても、中の君はすねて起き上がろうともいたしません。

世のつねに思ひやすらむ露ふかき
　道のささ原分けて来つるも

書き馴れたお筆つきが惚れ惚れするほど美しいのを見ても、こんな御立派な方に、中の君が先で捨てられはしないかと、取越し苦労の種になります。

中の君にお返事の書きようなどくどくど教えて無理に書かせました。文使いの人や供人にもそれぞれ贈り物をして帰しました。

その夜、匂宮さまはおひとりでお越しになりました。こうなった上は何をいっても取返しがつかないので、貧しい家の中をそれなりに飾り立てて婿殿のお出でを待つしつらえをしなければなりません。はるばる遠い路を急ぎいらしてくださった匂宮さまをお迎えすると、嬉しく思われるのも我ながら不思議な気持です。

かんじんの中の君は、ただぼんやりと魂もぬけたように、化粧も身仕舞いもすべて人まかせで上の空の様子です。濃い紅の着物の袖が涙でしめっているのを見るにつけ、わたくしも耐えられず涙をふりこぼしながら、

「わたくしはどうせ長生きしそうにもないので、ただただあなたの身の上だけが案じられていたところへ、家の女房たちがしきりに結婚をそそのかすようになり、年の功を積んだあの人々の考えも一理あるとも思い、世馴れぬ頼りないわたくし一人が我を張って、いつまでもこうしてあなたを独身でおくのも心配になりました。でもまさか、今すぐこんなに思いもかけない結果を招いて悲しい事態になるとは誰が想ったことでしょう。

これが人のよくいう前世からの約束ごとだったのでしょう。こんなことになってほんとうに辛くてたまりません。少し気分も落ち着いたら、今度の事はわたくしが全く知らなかった事情もお話ししましょう。どうか一途に憎まないでください。無実の人を恨むと罪作りになりますよ」

中の君の髪をなでつくろいながらいいますと、わたくしの真心だけは通じたの

か、返事はしないまま、少しは心も和んだ表情を見せていました。

「婚礼の三日めの夜は、三日の餅の用意をしなければ」

と、女房たちがいうので、特別に作らせようとしても、わたくしは一向に見当もつかず、親代わりぶって何かと命じたりするのも女房の手前も恥ずかしくとまどってばかりです。心の中で頼りにしていたあなたからは、

「昨夜は参上するつもりでしたが、いくらお仕えしても一向に報われず甲斐もないので行きませんでした。今宵もお手伝いにと存じながら先夜のすげないお扱いで風邪をひきこみぐずぐずしています」

と、そっけない手紙が来て、今夜の支度のため、わたくしたちや女房たちの晴着を、あれこれお届けくださいました。反物だけを下に重ね、上に美しく仕立て上がったわたくしたちふたりの衣裳がのせてあり、その袖に、

さよ衣きてなれきとはいはずとも
　かごとばかりはかけずしもあらじ

と脅しじみた歌がつけてあります。

ふたりともすっかりあなたにあらわな姿を見られてしまったことが恥ずかしく、こんな言いがかりの歌の返事も書き辛く迷いました。

ふたりが軀まで結ばれたとはいえないでも、少しは文句をいってもいい筋はあ

ります、などと言われてだまってもいられません。

へだてなき心ばかりは通ふとも
　なれし袖とはかけじとぞ思ふ

隔てない心のおつきあいはしても、馴れた袖を重ねて寝た仲などいわれては立つ瀬もありません。なんとおとりになったことでしょうか。

三日めの夜はずいぶん更けてから、匂宮さまはいらっしゃいました。心配していたのでほっとして、はるばる通ってくださるお志は決して浅くはないと、ありがたく安堵(あんど)しました。

中の君も三日の間に心も打ちとけたらしく、恥ずかしそうによりそっていく様子がなまめかしく可憐で、これならと安心されます。

女房たちがあなたに贈っていただいた華やかな衣裳を仕立ててまとっているのが老醜に似合わないのを見るにつけ、やがて自分も盛りが過ぎあのように老い朽ちていくのかと思うと心細くてなりません。自分はまだああは醜く老いてはいないと思うのも自惚(うぬぼ)れで、もう人の目にはみっともないだけかもしれないと思うと、気おくれするほど御立派なあなたと結婚するなど、やはりとんでもないと恥ずかしく、もう一、二年もすればますます容色も衰え見苦しくなるはず、こんなやせ細った弱い軀だものと、自分の細い腕を見つめていると、あなたとのことが一挙にすべて思い出されて、とめどもなく心が騒ぎます。

匂宮さまのその後の不実は、今更申しあげたくもありません。あなたがすべてご存じです。

わたくしは辱められた中の君が可哀そうで、それもこれもわたくしがしっかりしなかったせいだと自分を責め、病に倒れてしまいました。

匂宮さまが将来皇太子になるべきお方で軽々しい遠出はおできになれないとは弁(わきま)えていても、夕霧右大臣(ゆうぎりのうだいじん)の六の姫さまとの御縁談が調ったという噂は、わたくしを更に打ちのめしました。夜離(よが)れのつづく恥ずかしさにじっと耐えている中の君があわれでなりません。わたくしは食も咽喉(のど)を通らず、父宮の御遺言にそむいた不孝は、ひとりで担って逝(ゆ)こうと決意いたしました。

あなたが心配してお見舞いくださった時はさすがに嬉しく、中の君の不幸ももとはといえばあなたのせいと思うのに、恨む気力も薄れるのでした。

「こんなに重くなるまで誰も知らせてくれないとは、恨めしく、ほんとにお世話しがいのないことです」

怨(えん)じられるお顔がなつかしく、はりつめてきた気持も氷がとけるようにもろくなってしまうのでした。

あれからあなたのお見せくださった真心こもった介抱を、どう感謝していいかわかりません。験の高い阿闍梨たちをたくさん集めてくださり、御祈禱には御一緒に声のかぎりにお勤行くださいました。夜も眠らずわたくしにつきっきりで看病してくださいました。ゆかりの山の阿闍梨のお寺へも誦経を頼んでくださり、朝廷にも京のお邸にも当分のお暇をとられてずっと宇治に御滞在くださいました。

あらゆるお祈りの甲斐もなく一向に験があらわれません。それもそのはずでしょう、かんじんのわたくしが治りたいとは思わず、一日も早くあの世へ渡りたいと願い祈っているのですもの。もうこうまで何もかもあなたに見られてしまっては、治ればあなたと結婚するしかありません。今はこんな稀有な愛を示してくださっていても、結婚してしまえばお互いに心変わりする日もくるかもしれない、もし命をとりとめたら、その時こそ出家してしまおう、そうすることが今のこの愛情を永久に守る方法なのだと、思い定めていたのでした。

あなたにとても打ち明けられる想いではありません。

「こんなにあらゆるお祈りをしたのに……あなたはもうお声も聞かせてくだされないほど弱りはててしまわれて……わたしを残して先立たれるようなことがあれば、それこそ恨みに存じます」

あなたがわたくしにとりすがってお泣きになるのを聞きながら、ああ、どんなにあなたがいとしかったことか。どうしてわずかな間でもあなたをお恨みしたりできたのでしょう。わたくしのような者をこれほど愛してくださった方がまたといたでしょうか。この世では添えない運命だったのです。わたくしのかたくなさと、あなたの生真面目さとのせいで……。

薫君さま、いとしい恋しいあなた。

この世ではどうしても口にできなかったことを、今こそ申しあげましょう。わたくしはあなたがあの夜、障子をふみ破ってでもわたくしを荒々しく奪ってくださることを、心の底の底で待っていたのかもしれません。いいえ、待っていたのです。そうでもしていただかないかぎり、わたくしの親ゆずりの内気とかたくなさは破ることができないのでした。

薫君さま、まだあなたは灯明をつぎたし、読経(どきょう)をつづけていてくださいます。そのお声ももう少しでわたくしには聞こえなくなるのです。与えられた中有(ちゅうう)の時間も残り少なになってまいりました。

さようなら薫君さま、いとしい恋しいたったひとりのあなた。さようなら。

宿木

★

やどりぎ

宇治の中の君のかたる

おなつかしい姉上さま。

今年もまた春がめぐってまいりました。山荘を取りまく山々に桜がたなびき、宇治川のほとりの柳が青々と風にゆれたなびいています。

対岸も春霞にけむり、屏風絵の風景のようにこの世のものとも思えないほど美しく広々と眺められます。川音まで、耳のせいかやさしく聞こえてまいります。

「父宮がお亡くなりになって、こんな淋しい世の中にも、季節はおこたりなく春を運んでくるのが憎らしいようね」

去年の春、この縁側に出てふたりして並んで眺めた同じ景色を、姉上さまはそう恨めしそうにおっしゃいましたね。そのお声はまだ耳の中にありありと残っておりますのに、今年の春はわたくしひとりが迎えなければならないなんて……こんな淋しい身の上になるなど誰が想像できたでしょう。一昨年の八月には父宮が、去年の十一月には姉上さまが御他界なさってからは、わたくしには自分の生きているこの世が幻のように頼りなく思われてなりません。

あの春霞にかすむ対岸のような美しさがあなた方のいらっしゃる浄土に似ているのでしょうか。物心づいて以来、目の前の宇治川の流れを見馴れながら、その向こうにはてしもなくひろがる対岸へは、一度も渡ったことのないわたくしです。

浄土とはこの世との境の川を渡って往くところとか聞かされております。この世とあの世をへだてる川も、宇治川のように広く流れの速い川なのでしょうか。

なつかしい姉上さま、浄土にも春や秋があるのでしょうか。今、そちらはどのような花が咲き、何の鳥が歌っているのでしょうか。

父宮と姉上さまの親しく語らっていらっしゃるお姿を想い描いただけで、わたくしはひとり取り残された淋しさと情けなさに涙がせぐりあげてまいります。

姉上さまを死に追いやったのは、他ならぬわたくしなのですもの。それを思うと、今も胸がはりさけそうになります。

あの頃の姉上さまのなさり様に、わたくしは何度か裏切られた気がして、一時はとてもお恨みに思いました。だっていきなり薫君さまを御自分の身代わりにわたくしの寝所に忍ばせなさったり、つづいて、日もたたずに匂宮さまをさしむけなさったりするのですもの。

後になって、すべては姉上さまのご存じのなかったことで、先のは女房たちが……、後の場合は薫君さまがたくらまれたこととわかりましたけれど、あの当時は、すべて姉上さまのお指図と思い、どうして重ね重ねわたくしひとりに、こんな辱めをお与えになるのかと、お顔を見るのさえ辛(つら)かったものでした。

父宮の御遺言通り、わたくしも男の人などには誰にも逢(あ)わず、清らかに暮らしていたら、たとえ今のような淋しい境遇にとり残されたところで、悩みがこうも深くはならなかったのではないでしょうか。

姉上さまがわたくしひとりは人並に、女の味わうこの世の幸せとやらに触れさせたいと思われたばかりに、あのような取返しのつかない不幸が始まったのでした。

匂宮さまとわたくしの結ばれた後の三日間、姉上さまのお気の揉(も)まれようは大変なものでした。三日の間にもし宮さまのお越しがなければどうしようと、はらはらしておいででした。

当のわたくしはといえば、思いもかけない成行きで、抗しようもなく宮さまと結ばれてしまったものの、宮さまのおやさしさやいたわり深いお扱いに、夜の明ける頃には自分でも信じられないほど、心が和んでいたのです。

はじめは、宮さまのなされように、あまりにも愕き、ただもう恐ろしさと恥ずかしさで消え入りそうにうちおののき、本当に意識を失った瞬間さえあったようでございます。

「いとしい。なんて可憐なのだろう。どんな深窓の姫君だって、あなたほど初々しい清純な人がいるだろうか。ほんとうに何も世の中のけがれや醜いことに触れもせず、この山里の中でひっそりと清らかに育ってこられたのですね。今の世にあなたのような姫君が誰の目にも触れず生きていたなんて、奇蹟としかいいようがありません。わたしのことはあまり芳しくない都の噂がお耳に入っているかもしれないけれど、そんな噂にまどわされてはいけませんよ。

わたしは世間で思っているよりずっと実のある男です。愛した女人を不幸にするようなことはしない。信じていてください。ただ、身分上、薫君のように自由に振る舞えないのです。わたしにそんな気持はさらさらないけれど、やがては皇太子にも立てる立場上、まわりがうるさくて仕方がないのです。その点だけはわかってください。でもいざという時は、わたしは地位や身分はふり捨てても愛する人との真実の愛の暮らしのほうを選びます。それくらいの勇気や決断は持っているのです。だからまた、いっそうまわりが警戒するわけなのですが」

ことをわけて、しみじみ御自分の立場もお話しくださり、わたくしの恥ずかしさに凝り固まった心と軀を気長にほぐしてくださいましたので、わたくしは匂宮さまを信じ頼る気持がもう生まれておりました。自分が世間の姫君たちとくらべてどこか異様なのではあるまいか、田舎びていてみっともないのではあるまいかなどという卑下も、気がついたらきれいに拭われていたのです。

あの翌日、匂宮さまがお帰りになった後も終日起き出ようとはせずすねて、匂宮さまからのお便りにもお返事も書かず、気分が悪いといって夜具をひきかぶっているのをおろおろして見守っていてくださいましたね。

その夜、もう真夜中になって馬に乗った匂宮さまが、山越えしていらしてくださった時、わたくしよりも姉上さまのほうがずっと喜んでくださいました。

お供の者の声が門のほうにした時、姉上さまは悲鳴に近い声をあげて、そちらへ走り出ようとして、はっと気づかれきまり悪そうに坐り直していらっしゃいました。わたくしのほうは、ああ、やっぱりという嬉しさがこみあげてきましたものの、きっといらっしゃるという祈りに似た自信がかなえられて、腰がぬけたように思い、身動きもできなかったのです。

匂宮さまは、母上の中宮さまにきつく夜歩きをたしなめられお叱言を受け、宮中に終日閉じこめられていらっしゃったとか。

「夜になって気が気でなく、もう気も狂いそうになっていた時、薫君が、後は責任を持つから、馬で山越えして一刻も早く行けと、出してくれたのです。持つべきものは友だちですね。骨まで夜露がしみとおったように軀も冷えきってしまった。ほら、こんなに冷たいでしょう。早くあなたの肌であたためてください」

あの方はそう言って、前の夜より物狂わしいほどわたくしをお需(もと)めになったのでした。ああ、こんな恥ずかしいことまでお話しして……でもよろしいですわね、姉上さまはもう浄土のお方、濁世(じょくせ)の人の子の悩みなど、すっかりお感じにならないのかもしれませんもの。姉上さまにでなければ、こんな物想いを誰に訴えられましょう。

天涯孤独の身の上とはわたくしのことでございます。匂宮さまがいらっしゃっても、所詮は仮の世の仮の契り、夢よりもはかない関係なのかもしれません。人を想うということは、なんとまあ、喜びよりも苦しみや悩みを多く抱えこむことなのでしょうか。

その後、匂宮さまが思ったほどにもお訪ねくださらないのを、姉上さまはわたくし以上にとても気にして苛々(いらいら)していらっしゃいました。わたくしはつとめて、

「心は朝も晩もあなたを思いつづけているのですよ。思うにまかせず伺えないことがあっても、決して疑ったり心配したりしないように。ゆめゆめあなたをおろそかに思ってはいないのです。もしそうならどうしてこの長い道のりを通って来

られるものですか。あなたが不安がっているだろうと思うと、もう身を切られるように切なくて、ええ、もう帝や中宮のどんな御勘気に触れてもかまうものかと、身を捨ててもと決意して来たのですよ。でも、こんな危険な無理は決してつづくものではありません。そのうちにあなたを都へつれていって、もっと自由に逢えるようにしましょう」

と、囁きつづけてくださった閨の睦言を、反芻しては自分を慰めていたのでした。

ああ、忘れもしません。その自信も自尊心も打ち砕かれたあの日、十月のはじめになって、突然、薫君さまから、お使いが来て、

「今日、匂宮さまの御一行がおしのびで宇治へ紅葉狩にいらっしゃるから、おそらくそちらで中宿りなさるでしょう。そのおつもりでいらっしゃるように。お姿をお供の者に垣間覗かれないよう御注意なさるように」

など、例によってこまごまと御注意もそえてありました。

こちらではあわてて御簾を掛けかえ、大掃除したり、岩陰につもった朽葉を払ったり、遣水の水草を捨てさせたり、大騒ぎでした。

お客用のもてなしの肴や果物などまで、薫君さまからどっさりお贈りいただきました。

人手が少なくてはと、手伝いの人々まで応援によこしてくださいました。わたくしたちは女房や婢女まで一応身ぎれいにして晴れやかな気分でお待ちしておりました。

おしのびとは思えない賑々しい行列が到着し、川面に紅葉で屋根を葺き飾ったたくさんの船を浮かべ、どの船からもそれぞれの笛の音が吹き流され、風のまにまに賑わしく響いています。

匂宮さまも薫君さまもどのお船にいらっしゃるのやら見当もつきません。おしのびといってもこれだけのお供がつき従うほど、御威勢の高いお方だったのかと、改めてわが夫の立場の華やかさを思い知らされ、それは喜びよりも不安を招きよせるのでした。

暗くなる前に船遊びは終わり、みんな対岸の夕霧右大臣の別荘へあがられ、夜を徹しての御宴会がつづいたようです。夜じゅう、音楽の音が川面を渡り、こちらにも洩れ伝わっておりました。すっかり夜更けて匂宮さまからお便りがあり、いつになく恋文らしい気くばりもない切羽詰まった書き方で、

「そちらへ行く目的で、今日の紅葉狩を薫君が計画してくれたのに、いざとなると、自分の気持と関わりなく大仰になり、途中から夕霧右大臣の息子たちまで、随身を引きつれて仰々しく加わったり迎えに来たりしたので、どうしても抜け出

せなくなってしまった。

こちらから川越しにそちらを眺めると、お邸の古木が美しく紅葉しているのがゆかしく、常盤木にからんだ蔦の色まで格別趣が深く望まれる。こんな近くにいて、どうしてもそちらへ行けないわたしの気持の焼けつくような焦りと辛さを察してください。きっと色々に気をもみ、つまらないことを想像しているだろうと思うだけでも胸がはりさけそうだ。こんな切ない思いをしたことがあるだろうか」

あわただしく走り書きしてありました。

姉上さまは、ろくにそのお手紙に目も通されないで、どんないいわけも、来ないという現実の前にはなんの役にもたたないと、すっかり絶望してしまわれました。

匂宮さまの御一行がお発ちになる気配をそれとなく風が運んできて、前駆の声々がこちらを素通りして次第に遠ざかって行くのを聞いているのは、いいようのない情けない淋しい想いでした。

当のわたくしより姉上さまの無念さと切なそうなお嘆きの御様子が辛くて、そのことが匂宮さまに寄っていただけなかったことより悲しいのでした。

わたくしはお逢いした時の、限りもなく深い匂宮さまの愛情をどこかで信じはじめていますので、思うほどにはいらっしゃれないのも、よんどころない御用や重々しいお立場のせいと心をなだめる癖がついておりました。それでもみすみす目と鼻の先の川向こうにお越しなのに、寄っていただけなかったのは、やはりたまらなく辛いことにも思われます。

姉上さまは、

「わたくしたちが、両親も揃い、こんな惨めな暮らしをしていなければ、こうまで見下げられることもなかったでしょう。ほんとにあなたが可哀そうで」

と、まるでそうなったのが御自分の責任のようにお泣きになるので、お慰めのしようもないのでした。あの日からふっつりとお食事も咽喉に通らなくなり、夜もよくお寝みにならず、ただもうふさぎこまれて、目に見えて衰弱していらっしゃいました。

そのうち、匂宮さまと、夕霧右大臣の姫君の六の君との御縁談が調ったという噂が伝わりました。薫君さまの従者とこちらの若い女房が深い仲になっていて、その男の口から洩れた話でした。姉上さまは絶望を更に深めてしまわれたのでした。女房たちの手前も恥ずかしいとお考えになる姉上さまのようには、わたくしは思えませんし、心のどこかでまだ、まさかこのまま見捨てられるようなことはあるまいという頼みもありました。

その頃でした。昼寝の夢に父宮がありありと現れて、とても心配そうな表情で、ぼうっと立ちつくし、わたくしを見つめていらっしゃったのです。はっと思った時、夢がさめたら、姉上さまがわたくしのすぐそばで、夢の中の父宮とそっくりの物悲しい表情で、わたくしをじっと見つめていらっしゃったのです。

「父宮の夢を見たわ」

まだ動悸（どうき）のする胸を抑えてわたくしが申しますと、

「まあ、羨ましい。わたくしは、一度でもいいからせめて夢になりと出てくださいとお願いしているのに、一度もあらわれてくださらないのよ」

と姉上さまは淋しそうにおっしゃいました。

その夕暮れ、匂宮さまからお便りがありました。わたくしは、この方のために姉上さまがこんなにもお苦しみになっていると思うと、急に口惜しく恨めしさがつのってきて、すぐにお手紙を開く気にもなれません。姉上さまの前ですぐ嬉しそうに開くのが恥ずかしいという気持もありました。意外にも姉上さまは、

「やっぱり素直におだやかなお返事をさしあげなさい。このままもし、わたくしが死んでしまったら、このお方よりもっとひどい目におあわせするような人も出てこないとも限らないと、心配でなりません。たまさかにしろ匂宮さまが思い出してお通いくださるうちは、そんなひどい男もあらわれまいと思って、冷たいお

方とお恨みに思いながらも、お頼りせずにはいられないのです」

と、しみじみおっしゃるので、

「わたくしを残して先立たれようなんてお思いになるのはあんまりです」

と、泣き顔を伏せてしまいました。

「人には寿命があるので、父宮のお亡くなりになった頃は一刻も早くお後を追いたいと思ったけれど思うようにならず、こうして生き延びるものなのですね。それでも明日も知れない無常の世の中なのに、この世に別れるのがこんなに辛いのは、誰のために惜しい命かおわかりでしょう。あなたのことだけが気がかりでたまらないのです」

と、おっしゃって、灯を近づけさせて匂宮さまのお手紙を御覧になりました。

いつものようにこまごまと愛情にあふれることばを書きつらねて、

「ながむるは同じ雲ゐをいかなれば
　おぼつかなさをそふる時雨(しぐれ)ぞ
　眺めるのはいつもと同じ空なのに、今日はどうしてこんなに恋しさがつのるのでしょう。こんなに袖の濡(ぬ)れることもなかったのに」

など書かれていました。

「お手紙ではずいぶんとおやさしいのね。美辞麗句より、誠実を見せていただきたいものですわ。でも、やはりこんなやさしいお言葉を見れば誰だって女はうっとりしてしまうでしょうよ」

姉上さまはひとりごとのようにつぶやかれました。わたくしはお逢いできない日が経つにつれて、やはり恋しさがつのってまいります。あれほど言葉をきわめて固い固いお約束をなさったのですもの、いくらなんでも、このままお捨てになることはないだろうと、くじけそうな気を取り直す想いが湧いてくるのでした。

「御返事を今夜のうちに頂いてまいります」

と、お使いがせかせますので、まわりからやいやい責められ、わたくしは筆をとり、ただひとこと、

「あられふる深山の里は朝夕に
　ながむる空もかきくらしつつ」

いつだってこちらは愁いに沈んでいると、訴えたのでした。

そんなことのあったのは十月の晦日のことでした。

その頃、匂宮さまは、右大臣さまの六の君との御縁談で母君の中宮さまから、毎日のように責められていらっしゃったのをこちらは知る由もなかったのです。

あとでわかったことですが、まだこの時は匂宮さまはわたくしが悲しむだろうと、この御縁組みをなんとかして逃れようと、お返事を延ばしつづけていらっしゃっ

たのです。

そんな時、薫君さまが突然、宇治へお見舞いくださり、姉上さまの御衰弱ぶりにすっかり驚かれました。

御全快するまでといって薫君さまが御祈禱をおさせくださいましたのに、姉上さまが、もう快くなったからといって、無理に阿闍梨をお帰ししてあったので、薫君さまはあきれて女房たちをおとがめになりました。年寄りの弁にこまごまと御様子をお訊きになります。

「どこがどうと痛いところや苦しいところがおありではございませんが、お食事を一向に召し上がろうとされません。もともと、普通の方とはちがい、ひ弱くていらっしゃいました上に、匂宮さまと中の君さまとの御縁組みのこと以来、すっかり御心痛がひどくなった御様子で、軽い果物さえ見向きもなさいませんので、いよいよ御衰弱なさいまして、もはや御快復の見込みもないようにお見受けいたします。わたくしは情けないほど世に長らえまして、こんな悲しい目にもあうので、もうどうかお先に死なせていただきたいと思います」

と、泣きむせんでおりました。

それからの薫君さまの真心つくした御看病ぶりは、はた目にもありがたく見えました。

御修法(みずほう)の高僧たちが次々呼び集められます。一刻も姉上さまのお傍(そば)を離れようとはなさらず、御病床のすぐそばに屏風を立ててそこへお入りになりました。わたくしはいくらなんでもあんまりはしたないのではないかと思いましたけれど、女房たちは、もうおふたりを深いお仲と思いきめていて他人行儀にはしないのでしょう。わたくしは素早く身をかくしてしまいました。それでも気がかりで、後でそっと覗きにいきましたら、

「日頃、御看病で、さぞお疲れでしょう。せめて今宵(こよい)だけでもくつろいでお休みください。わたくしがしっかりと宿直(とのい)いたしますから」

とおっしゃるので、何かわけもおありかもしれないと御遠慮して引き下がったのでした。

父宮がお頼りしていた宇治山の阿闍梨さまの夢枕に、父宮がお立ちになったとのことで、阿闍梨さまは姉上さまの御祈禱の他に、お弟子の僧たちにお命じになり、父宮の御菩提(ごぼだい)のために常不軽菩薩(じょうふきょうぼさつ)の礼拝行をおさせくださっているそうで、その僧たちが宇治の里の村々から、京まで歩き廻(まわ)り帰ってきて、中門のところに坐ってたいそうおごそかに礼拝しています。

その勤行(ごんぎょう)の声を聞くにつけ、姉上さまの御様子が心配で、そっと奥のほうの几帳(きちょう)のそばににじりよりましたら、薫君さまは耳さとくその気配を察しられて、

「常不軽の礼拝のお声はお聞きになりましたか。実に尊い御誦経でしたね」

と、話しかけられ、

「今朝は霜のおいた水際の千鳥が悲しそうに鳴いていましたね。身につまされて」

しみじみつぶやかれる御様子が、ふと、情ない匂宮さまに似ていらっしゃるような気がして、胸が切なくしぼりあげられてまいります。

弁にお返事を代わってもらって、またこっそり引き下がりました。

薫君さまはそれからずっと姉上さまの御枕元につききりで、夜も昼も心をこめて御看病をなさいました。わたくしは、まるで姉上さまを最後にあの方に奪われたようで淋しい想いでいっぱいでしたけれど、女房たちが、姉上さまも今はすっかり薫君さまにお心を許され、もうお話しもできない有様なのに、何もかもまかせきっていらっしゃる、あのお二人はそっとしてさしあげたほうがいいなど言いますので、心ならずも御遠慮しておりました。

もし今、わたくしがいまわの際になった時、姉上さまか、匂宮さまか、どちらにそばにいてほしいでしょう。どちらに手をとられたいでしょうか。そう思いました時、わたくしはあんな薄情なお方なのに、やはり、最期はあのお方に抱かれて、その胸で息絶えたいと思ったのでございます。女というのは、なんという業の深い悲しい罪深い性を持って生まれているのでしょうか。

　その頃の姉上さまは、もともとほっそりとしていらしたのが、もう痩せ細って影のようになりお腕なども痛々しく細り、今にもこわれそうな、なよなよした感じでしたが、お肌の色艶は不思議に衰えず、いよいよ透き通るように白く清らかでした。掛け物も重いといわれ押しやって、白いお召物の柔らかなのだけを重ねていらっしゃるお姿は、衣裳の中に身のない雛人形を寝かせているようにはかなげに見えます。

　お髪はうるさくないほどになびき、枕からこぼれている末が艶やかで、女の目にも惚れ惚れするほど美しいのです。こんなに美しいのに、どうなっておしまいになるのだろうと思うと、たまらなくて、おすがりしたいのですが、薫君さまがひしと看とっていらっしゃるのでお傍へも寄れません。

　その時も几帳のかげに近寄りましたら、姉上さまの絶え入りそうな細いお声が洩れていました。

「もうとても生きてはいかれません。間もなく寿命も尽きましょう。こんなはかない命とわかっていればこそ、あなたのお気持も無視してきてしまいました。そのかわりに中の君を自分の代わりにとお願いしましたのに……それをそのままお聞き入れくださっていたら、こんな辛い気苦労もありませんでしたのに……」

そんなお声がきれぎれに、耳に入ってきました。やっぱりと、あの今もってわけのわからなかった薫君さまとの一夜の事情がわかってきました。ひたすらお恨みしたことも、今では悔いになって残ります。

御臨終には、わたくしも前後のことも考えられず、姉上さまに取りすがって、ただもう夢中で泣き惑いました。弁たちが、

「不吉な、そんなに泣かれるのは不吉です」

と、無理にわたくしを姉上さまから引き離すのにも、つつしみを忘れ抗いました。

いつ息をひきとられたかもわからない静かな御臨終でした。眠っていらっしゃるとしか見えないお亡骸に取りすがり、わたくしはまたもや泣き沈んでしまいました。

「わたくしひとりを残して、あんまりです。御一緒につれていって、父宮のところへ御一緒につれていって」

と、わたくしは口走っていたようです。

それからのことは、ほとんど覚えてもおりません。わたくし自身が今度は病人になって起きられなくなりました。

葬儀一切のことは、薫君さまがすべて取りしきってくださったようです。

匂宮さまは度々御弔問のお便りはくださるものの、あれっきりお姿を見せてくださいません。姉上さまのお亡くなりになったのも、この匂宮さまが原因と思えば、今更に恨めしく、そんな方をお連れした薫君さまさえ、憎らしくなってくるのです。薫君さまは、

「亡き姉君の形見として、これからはあなたになんでもお話しし、また御用も承ります。どうか他人行儀に扱わないでください」

などおっしゃってくださいますが、わたくしにはかえってうるさい気がするのでした。

　薫君さまが、ずっと宇治に居つづけて、姉上さまを看病なさり、葬儀一切をしてくださったことは、もう京じゅうにかくれもないことになったようです。その後も一向にお帰りになる気配もなく、わたくしどもと暮らしていらっしゃいます。四十九日の御物忌みがまだ残っている雪の降りしきる朝のことでした。

　急に大勢の人声や馬のいななきが聞こえてきたと思うと、匂宮さまが狩衣姿におやつしになっていらっしゃったというのです。

「この雪の中を夜通し山越えなさって、まあ、お気の毒にずぶ濡れでいらっしゃいますよ」

　女房たちが忙しく走って、お迎えしています。わたくしは胸が激しく波打って

きましたが、全く久々のお越しを嬉しいと思っての動悸なのか、姉上さまを死なせた恨みが噴きだした心の高ぶりか、自分でもわからず、軀がふるえるほどでした。今更、おめおめいらしていただいても何になろう、せめて御存命中なら、どんなに安心していただけたかと思うと、お逢いしたくもありません。

それでも女房たちが、うるさくお逢いするようにと言いつのりますので、しぶしぶ物越しにお逢いしました。

匂宮さまは、こんなに長くお訪ねくださらなかった言い訳を、言葉をつくしてこまごまとおっしゃるのですが、わたくしは無言の行(ぎょう)のまま、ただ聞いているだけでした。

「あなたまで、すっかりお弱りになって、御病気のようだと、女房たちが話しています。そんなはかなげな御様子では心配です。せめてお声を聞かせてください」

とおっしゃるのですが、わたくしは頑(かたく)なに黙りこんでおりました。

「今夜はどんなに叱られても帰るつもりはありません。泊めていただきます。でもせめて、他人行儀な物越しではなく、親しくお顔を見せてください」

と、懇願なさりつづけますけれど、

「もう少し人心地がつきましてから」

とだけお答えして、拒み通しました。すねているわけではありませんが、お声を聞いたら、今までこらえにこらえていた恨みや辛さや恥ずかしさが、一挙にふきだしてくるのでした。

薫君さまもお気をもまれ、弁を通じて、

「匂宮さまのこれまでの心外な態度を思えば、中の君のお怒りが解けないのもごもっともだが、あまり頑なにならないよう、ここは一応お逢いして、やんわり叱っておあげなさるのがいいでしょう。世間にありがちな男の夜離(よが)れなど、全く御経験のない中の君は、さぞ口惜しくお思いだろうけれど」

と、おせっかいな御忠告です。こんなことをおっしゃる薫君さまの手前だって恥ずかしく、いよいよ何もいう気になりません。

「なんという情けないお方だろう。あれほど誓いあったこともすっかりお忘れになったのですね」

と、匂宮さまは恨みがましくおっしゃいます。そっくりそのままのお言葉を、匂宮さまにこそ返してあげたい気持です。

その夜は本当にそのままお泊まりになりました。夜になると、このあたりの風はひときわ烈(はげ)しく吹きすさびます。さすがに、匂宮さまがひとり寝をかこっていらっしゃると思うと、少しはお気の毒になってきて、几帳を隔ててお話だけすることにしました。

宮さまはありとあらゆる神々の名を挙げ、神名に誓って自分の愛を信じてくれとおっしゃいます。

その調子のいい軽いお言葉を聞いていますと、よくまあこんなにすらすら、愛を誓えること、この口で次々、女をだましていらっしゃるのだろうと腹が立ってきます。それなのに、近々と甘い声を聞き、気配を身近に感じますと、凝り固まった恨みの岩を破って、恋しさなつかしさの泉が湧き出て、いつの間にか心もうるおっているのでした。

「今までのことを思いだしても、あなたの愛なんてはかなく頼りないのに、行く末なんてどうして信じられましょう」

と言いましたら、

「将来が信じられないなら、せめて、今、只今の愛だけでもわたしを信じていうことをきいてください。こんなはかない世の中ですから、これ以上わたしをいじめて罪作りをなさらないように」

など、ぬけぬけとおっしゃる憎らしさ。わたくしは、

「気分が悪くなりましたので」

と、さっさと奥へ入ってしまいました。

その夜は薫君さま相手に散々わたくしの頑なさを難じて、なげき明かされたということでした。

十二月に入って、やっと薫君さまは御帰京になりました。いらっしゃることが、わたくしには気の重いうっとうしい時もありましたが、さていらっしゃらなくなってみると、ほんとうの淋しさが、空気の中からどっと押し寄せてまいります。女房たちは、すっかりお頼り申し馴れ慕っておりましたので、

「長い風雅なおつきあいの頃より、今度のことで、ゆっくりお過ごしいただいた間の御様子やお振舞いが、ずっと人情味があっておなつかしい方でしたね。何事にも行き届いたお心ばえでした。これっきりでもう身近にお逢いできないと思うと、ほんとに淋しいし、頼りないことです」

など話しあって泣いています。

匂宮さまからは、

「やはり、この間のように宇治に通うことはとても難しいのです。色々考えたけれど、思いきって、あなたを身近にお迎えする手はずを考えはじめました。そのおつもりでいらしてください」

と言ってよこされました。このなつかしい思い出多い宇治を離れて、どこに宿木（やどりぎ）の身となれとおっしゃるのでしょう。

姉上さま、おなつかしい姉上さま、どうか頼りなく孤独なわたくしをお見守りくださいませ。

花の露

✸

はなのつゆ

二条院の中の君のかたる

姉上さま。

一日も離れて暮らしたことのなかった姉上さまに取り残されてしまい、はや一年がまたたく間に過ぎてしまいました。

人は成仏すると、下界のことは何もかも忘れてしまうと聞いたことがございます。それがほんとうなら、もう姉上さまは、わたくしのことなどすっかりお忘れになりきって、思い出してもくださらないのでしょうか。

父宮が御遺言なさいましたことはほんとうでした。わたくしたちのような姉妹は、いいかげんな人の言葉に迷わされず、いっそ宇治でひっそりと暮らし、人の物笑いにならぬようせよとおっしゃったのに、わたくしひとりが、御遺言にそむいた形で、あのなつかしい宇治の山荘を出てきたばかりに、今日この頃の悲しい物想(ものおも)いを味わう罰を蒙(こうむ)るのでしょうか。

　姉上さま、どうしてわたくしひとりをお残しになって逝(い)ってしまわれたのでしょうか。お怨(うら)みに存じます。

　姉上さまが誠意がないと、亡くなるまで怨んでいらっしゃいました匂宮(におうのみや)さまは、やはり、信じきれない、心から頼りきるには不安なお方でございました。姉上さまのお目がわたくしより確かだったのです。

　正直に申しあげますと、わたくしは姉上さまの思われた程、匂宮さまを多情で真心のないお方だとはあの当時思っていませんでした。あんまり姉上さまが匂宮さまをひどくおっしゃる時は、むしろ、心の中ではあのお方を弁護していたものでした。でもやはり、本性は軽々しい、多情で色好みの激しいお方でした。ようやくそれがわかりました。

　どうして宇治にいる時、それを見抜いて、きっぱりと京に移ることを断れなかったのかと悔やまれます。

　匂宮さまは何がなんでも、京へ移るようにと強制されました。

「せっかくのわたしたちの縁も、このままでは断ち切れそうなのに、どうしてあなたは平気でいられるのですか。なぜ、わたしを信用できないのか」

と、矢のようなお手紙でお責めになるのでした。薫君(かおるのきみ)さまからも、

「匂宮さまが二条院に大工をいれ、あなたをお迎えするため、着々と準備していらっしゃいます。そんなことも一々わたしに御相談してくださるので、わたしは光栄にも思うし、あなたのためにようやくほっと安心して、嬉しくてなりません。これで片時も忘れることのできない大君に対しても、少しは面目がほどこせるかと思います。わたしが匂宮さまを手引きしたばかりに、あなたを不幸にしたと、あの方はどんなにわたしを責められたことでしょう。

　今度のことは御生母の明石の中宮さまもおすすめになったことだからと、匂宮さまは得意げでした」

　と、うかがいました。

　匂宮さまは、どうやら中宮さまだけには頭が上がらないようで、中宮さまは匂宮さまがいつまでも自由に憧れてふわふわされるのを、とても御案じになっていらっしゃるようです。それもこちらへ移ってからすべてわかってきたことですけれど。

　父宮にも姉上さまにも先立たれ、孤独になったわたくしは、宇治でひとり、暮らしきれなくなりました。わたくしひとりはどうなってもいいとしても、縁あって一緒に暮らしてきた女房たちの暮らしも支えることができません。とうとうこれが前世から定められた自分の運命というものかとあきらめて、京へ移ることを承知してしまったのです。

二条院の改築などが出来上がり、わたくしが京へ移るのは二月の初めごろと決められました。その日が近づくにつれ、花の樹々(きぎ)の蕾(つぼみ)がふくらみ、峰に春霞(はるがすみ)がたなびくのを見ましても、姉上さまと御一緒に眺めた花よ風景よと思うにつけ、また胸がいっぱいになり、住み馴(な)れたここを離れて、故郷でもない、知人の誰もいない京へ行って、どんな辱めを受けるかも知れないと不安になり、心細く泣けてくるのでした。

薫君さまから新しい美しい衣裳(いしょう)や布をたくさん送っていただいたのを、女房たちはうきうきして裁ったり縫ったりに余念もありません。

「生きているっていうことはほんとにありがたいものですよ。次々頼りにするお方が亡くなっていった頃は、もう宇治川に身を投げるしかないなど悲観したものだけれど、生きていたばっかりに、こんな思いもかけなかった晴れがましいお供もできるのですものねえ」

「京へ行けば、わたしたち、田舎者(いなかもの)だと軽蔑されて笑いものにされはしないでしょうか」

「そんなことありませんよ、それも御主人さまの御威勢次第ですからね。匂宮さまは皇太子にもなられるお方、行く末は帝(みかど)の御位(みくらい)に上られるかもしれないお方ですもの。そんなお方に懇望されて迎えられるこちらの姫君に、誰が失礼なことできるものですか」

「大君さまのことを忘れるというわけではないけれど、やっぱりこんな晴れがましい結構な運が開けますと、わたしたちも色々不自由をしのんで今までこちらにお仕えした甲斐があったというものですわね」

そんなお喋りを聞いていますと、あれほど姉上さまが可愛がってあげた人たちなのにと、人間の心の軽薄さに情けなくなってしまいます。

さすがに年老いた弁の君だけは、

「京までお供申し上げるのがわたくしの務めとは存じますけれど、昔、宇治に移りました時に、もう二度とは京へ帰るまいと、心に誓ったことでございます。大恩をお受けした八の宮さま、大君さまに先立たれ、気も狂わず生きのびている自分が不思議に思われます。中の君さまには申しわけございませんけれど、どうか、京へのお供は大輔の君をはじめ若い人々にお任せして、わたくしはここで出家させていただき、お二方の御菩提を弔わせていただきとうございます」

といって、潔く尼になってしまいました。

いちばん頼りになる弁の尼にまで見放されたかと思うと心細いものの、弁の尼の姉上さまに対する真心が嬉しく、居残ってもらうことにしました。

「京へ移ったとしても、果たして住みつけるかどうかわかったものではありません。いつ逃げ帰って来ないともかぎらない。またすぐ逢(あ)えるかもしれませんよ。でも、しばらくの間でも、あなたをひとりここに残しておくのは気がすすまないけれど……尼姿になっても、外出できないわけではないのですもの、時々は京へ出て逢いに来てくださいね」

そんな話をしていると、ふたりして姉上さまのことを思い出し、手をとりあって泣いてしまうのでした。

明日はいよいよ出発という前日、薫君さまがふいに宇治にお訪ねくださいました。

姉上さまのお好きだった梅の木に紅(あか)い花が咲き匂い、鶯(うぐいす)が来て鳴いているのを御覧になり、涙を浮かべていらっしゃるのを見て、こんなにいつまでも想ってくれる誠実な人と、姉上さまはどうして結婚なさらなかったのだろうと不思議な気がいたしました。

もうすでに薫君さまからは明日のために車をはじめ前駆(さき)の人々や、出発の門出の作法を執り行うための陰陽博士(おんみようはかせ)までおさし向けくださってあるのでした。そういう人々へのねぎらいに与える衣裳まで用意してくださってあります。よくもこれほど気がおつきになると思うにつけ、それもこれも、姉上さまに対するつきせぬ思慕から、わたくしにこうまでしてくださるのだろうと思うのでした。

特にわたくしのために選びぬかれた、素晴らしい衣裳の数々もお贈りくださいました。何かにつけ、もし薫君さまからのお心づくしがなかったならば、どんなみじめな恥ずかしいことになっていたかと思いやられます。

わたくしは宇治を離れるのがもう悲しくて泣いてばかりいて、ぼんやり横になっておりました。薫君さまは、あまり他人行儀だとむずかられ、女房たちも失礼だというので、中の襖の入口でお目にかかりました。

それはもう気おくれするほど優雅で、今日はまたいちだんと御立派になられた感じがして、目もまばゆいほどはなやかにお美しく、またとないお心づかいといい、ああなんというすばらしいお方かとつくづく見惚れてしまうくらいです。それにつけても姉上さまのことが思い出されて、しみじみとお見上げ申さずにはいられませんでした。

「思い出せば限りもない亡きお人のことなどお話ししたいことが胸一杯にございますが、今日はお目出たい門出の前ですから御遠慮申しましょう。……今度お移りになります二条院のすぐ御近所に、少ししたらわたしも引越すことになっていますので、夜、夜中となく往来できる間柄になります。なんなりと、御遠慮なくお申しつけくださったら駆けつけてまいります。でも一方的なわたしの思い入れ

45th ANNIVERSARY
集英社文庫
http://bunko.shueisha.co.jp

よまにゃ

一冊あれば、
旅に出るより遠くに行ける。

で、そちらは御迷惑にお思いかもしれませんが」

「ここを離れたくないと思っていますので、あちらで御近所になると伺っても、ただもう心が乱れるばかりで、お返事のしようもございません」

ため息がちに申しあげるのがようやっとでした。

お気に入りの弁の君が尼になっているのをやさしく慰めてくださり、その他細々(こまごま)と出発に際しての用意や心得を、女房たちにお指図なさって、夜更けてお帰りになりました。

当日は、すっかり掃除もすませ、片づけも終わってからいよいよ出発いたしました。名残を惜しんでいつまでもわたくしが出たがりませんので、午後も遅くになってしまいました。

道中の山径(やまみち)のはるかさに難渋しながら、ああ、こんな深い山径の遠い道のりを越えてあのお方たちは宇治へ通ってくださったのかと思うと、お越しが少ないなどお恨みした自分の浅はかさが恥ずかしくなりました。雨や雪に濡(ぬ)れそぼたれていらっしゃったお方を、どんなにか心の足りないそっけなさでお迎えしたかと、今更ながら後悔されてまいります。

そのうち二月七日の月が清らかにさし昇り、月光が美しく霞(かす)みわたるのを見るにつけ、はじめての長い道中で車に酔い、気分も耐えがたくなってしまいました。

想像もつかない見知らぬ世界に入っていって、これからどうなっていくのかと思うと心細く、これまでの悲しみや苦労など、物の数ではなかったのだと思い知らされたのでした。

夜もすっかり更けてようやく二条院へ到着いたしました。それはもう想像を絶した立派さでまばゆく灯が輝きともされていて、宇治の暗い世界から思うと、月世界に迷いこんだかと思われるようでした。幾棟もの明るい宏大な御殿が立ち並ぶ中に車を引き入れると、匂宮さまは待ちかねていらした様子で駆け寄らんばかりにして、わたくしを車から抱きおろしてくださいました。

御殿の中の飾りつけや調度類なども光り輝いていて、絵物語の世界の人物に自分がなったような気がします。女房たちの局にまで、神経をこまかく配ってくださってあり、匂宮さま御自身がすべてを指図してくださったことがわかります。贅美をつくしたきらびやかさに、女房たちははじめから酔ったようになり、ぼうっとしておりました。

「こんな結構なお扱いをいただけるとは、正直なところ想像もつかなかったわね」

「もうこれで御安泰ね。わたしたちも辛抱の甲斐があったということだわ」

「まあ、ちょっとちょっと見てごらんなさいな、このお棚の螺鈿細工のきれいなこと」

「この几帳のなんといういい色合いでしょう」

女房たちは興奮しきって、恥ずかしいほど声が高くなっています。

「どんなに待ったことか。今日もほんとうは迎えにいってあげたくてたまらなかったけれど、あんまりはじめから目立ちすぎてもいけないと、薫君にも注意されてじっと辛抱して待っていたのですよ。あなたたち姉妹は、わたしを全く信用してくれなかったけれど、これからはいやでもわたしの熱意と誠意がどんなものかおわかりになるでしょう」

匂宮さまとの久々の夜は、やはりそれまで抱いていた不安を、一掃してくれるほどの喜びがありました。

この二条院は、匂宮さまの御祖父に当たられ、わたくしにとっては伯父に当たる光源氏の君さまの御殿だったそうです。紫上さまがまだお小さい時、光君さまがこの御殿へお引き取りになり、六条院ができるまではこちらでお過ごしになったと、匂宮さまが話してくださいました。

「紫上と光君がはじめて結ばれた所がこの二条院なんですよ。たぶん、わたしたちの今寝ているこの部屋だったと思う。調度も昔のままそっくり譲っていただいたから、この帳台だって、おふたりが使われていたものかもしれないのですよ。

紫上は誰よりも最後まで愛されたお方だから、あなたもあやかるといいですね。わたしにとっては、親代わりに育ててくださって、誰よりも可愛がっていただいた紫上から伝領した邸（やしき）なので、この二条院はいちばん大切な場所なのです。そこへあなたをお迎えしたのだから、並々の気持ではないのですよ」

匂宮さまはそう言って、わたくしの気持を引きたててくださるのでした。

広い京に、薫君さまを除いて誰ひとり知人もいないのですから、心細いこと限りがありません。匂宮さまを頼るしかないので、宇治では考えられないほど、わたくしは身も心も匂宮さまに取りすがっておりました。

ついお近くの三条の宮に薫君さまがお移りになるので、毎日のように普請の現場へいらっしゃいます。それでも何を遠慮なさってか、めったに訪ねてはくださらないのです。移ってすぐ、女房が薫君さまのお手紙を持ってきました。お使いが見えて、お返事はいらないと帰ったといいます。

「こんな近くにいてお訪ねしないのは、他意があるわけではありません。あなたのお移りの日は、わたしはすぐ近くの三条の宮の普請場にいて、お引越しの様子だけでも聞きたいと思って、夜の更けるまでそこで待っていました。わたしのさし向けた前駆（さき）の者が帰ってきて、一部始終を報告してくれました。はじめての長い道中で、あなたが苦しまれたことや、車の中ではずっと泣きつづけていらっしやったこととか。

それでも匂宮さまがそれはそれは待ちかねていられて、お着きになったあなたをどんなに大切にいたわられたか……翌朝もまた、前々から知っているそちらの女房が、お午すぎまで大殿ごもりなさって、お食事も帳台に運ばせたなど、言わでものことまで報告してくれました。わたしは心底からほっとすると同時に、何か掌中の珠を取り落としたような淋しさが湧くのをどうすることもできませんでした。あなたにお逢いすれば、いつもどうかした拍子に亡きお方とそっくりの表情をなさることがあります。それがどんなに嬉しく、心を慰められていたでしょう。

今となってはもはや取返しがつきません。匂宮さまは、ほんとうにあなたを大切になさってくださるとか、夜も昼も、もうこの頃ではあなたの側ばかりにいられて、宮中への参内も怠っていらっしゃるとか。世間ではこの話で持ちきりで、あれほど匂宮さまを夢中にさせている西の対のお方はどんなに美しい方なのかと、寄るとさわると噂しあっているようです。ああこれで亡きお方のお怨みも晴らしていただけるだろうと、安堵しています。

この際、今更わたしの未練や悔いなど申しあげるのは不吉となりましょう。先行き、どのようなことが起こりましょうとも、わたしはあなたの味方になって及ばずながらお守り申しあげます。どうか、わたしを御家来のひとりとお考えになって、気がねなく、何事もお申しつけください」

こんな手紙で、つまらない誤解をまねいても心外なので、手紙はすべて焼き捨てなさいとまで、細心な御注意をしてくださるのでした。

世間では物語の姫君よりも、わたくしの出現のほうが物語めいていると噂し、幸福を羨んだり妬んだりしていると、女房たちまで聞きかじってまいります。

幸せでないといえば罰が当たりましょう。それなのに、贅美をつくした邸の中に、選びぬかれ洗練された衣裳に身を飾りながら、浴びるほど匂宮さまの愛撫を受けて、なお心にしのびよる淋しさとは、いったい何なのでしょう。ふっとした時に、風の音と川瀬の音しか聞こえない、あの薄暗く陰気な宇治の荒れはてた山荘が、いてもたってもいられないほどなつかしく、今すぐにも走って帰りたいような恋しさに胸がはりさけそうになるのでした。

二条院の見事な桜が撩乱と花開いたのを見るにつけ、主なき宿になった宇治の山荘のあの桜はどうなっているだろうかとしのばれます。同じ心に宇治の春を思い出してくださったのか、ある春の日の午後、薫君さまが珍しくお立ち寄りくださいました。

寝殿で匂宮さまと御歓談になった後、匂宮さまが参内なさるとかでお支度なさる間に、西の対へひとりお訪ねくださいました。

女童（めのわらわ）を通じて御挨拶してくださったので、簾（すだれ）の中からお茵（しとね）をさしだし、宇治からついてきた大輔の君が取次ぎにでました。薫君さまは、

「いつでも朝夕にお訪ねできる近くに住んでいながら、格別の用件もなくお邪魔するのも、なれなれしすぎるかと御遠慮しておりました間に、すっかり昔とは世の中が変わったような気がしてなりません。こちらのお邸の樹々の梢（こずえ）も、霞ごしにわたしの三条の宮から望まれますが、それにつけても、あなたとの間もへだたってしまったように淋しく思われてなりません」

と、憂鬱そうに沈んでいらっしゃる御様子です。ほんとに姉上さまが御存命ならば、このお方に迎えられ、お互いこんな近くで、朝も夕も親しく往（ゆ）き来して暮らせたかもしれないなど、詮ないことを思って涙ぐまれるのでした。姉上さまを思い出す度、世間から忘れきってしまわれていた宇治の淋しい生活のほうが恋しく、今の華やかさに心からなじむ気になれないのでした。

女房たちは、宇治でさんざん薫君さまから物質的なお世話を受けておりますので、

「あんまり他人行儀なお扱いは失礼でございましょう」

など、わたくしをたしなめます。それでも今の立場上、これ以上親しいお扱い

もできず困っているところへ、匂宮さまが参内の身支度をすっかり整えられ、おめかしなさって目もまばゆいような美しい御様子で、こちらへ御挨拶にいらしてくださいました。

「ああ、薫君はこちらに来てやってくださったのですか。それにしても、こちらではどうしてこんな失礼なお迎え方をするのです、御簾の外の簀子に坐っていただいたりして。あなたにとっては至れり尽くせりのお世話になった方じゃありませんか。わたしは、ちょっと嫉妬もしたいところですが……、まあどっちにしてもまったく他人行儀なお扱いでは罰が当たるでしょう。もっと近くで昔の思い出話でもしみじみなさってはどうですか」

　などおっしゃる口の下から、

「そうはいっても、あまり打ちとけすぎるのもどんなものかな。薫君の下心はちょっとはかりしれないものがありますからね」

　など、反対のこともおっしゃるので、わたくしはどちらに対しても当惑して、いわれるまでもなく、おやさしいお方だと身にしみて思ってきた薫君さまに対して、今さらよそよそしくもできないし、薫君さまもおっしゃるように、お互いに亡き姉上さまの形見のお方と思っていかれれば……そんなわたくしの内心をいつかわかっていただく日もあるかと思うのでした。

それにしても匂宮さまは心のどこかに薫君さまとわたくしの仲を疑っていらっしゃるようなので心外でなりません。

そうこうするうち、気がかりな噂が耳に入ってきたのです。

夕霧右大臣家には、藤典侍腹の六の君という美しい姫君がいらっしゃり、その姫君と匂宮さまの御結婚をのぞまれていたのを、姉上さまもご存じだったでしょう。ところが二月に婚礼をというつもりでいられた夕霧右大臣に、当てつけるように、匂宮さまが二月はじめにわたくしを宇治からお呼びよせになった後、人の噂になるほどわたくしを大切にしてくださったのが右大臣のお耳に入り、すっかりお冠になられたのだそうです。夕霧右大臣は、この縁談は御妹に当たる明石の中宮さまにお願いして、早くからまとめていただこうとしていられたのだそうです。

忘れもしません。宇治で姉上さまが絶望のあまり病気なさったのは、お二人の御婚約の噂が大きな原因になっていました。

匂宮さまはあまりお気がすすんでいらっしゃらなかったのですが、中宮さまがしきりにおすすめになるので困っていらっしゃいました。わたくしにも、

「中宮さまは男は何人の妻を持ってもいいのだし、そんな堅いことをいって、いつまでも右大臣に楯をつかないで、六の君と結婚しろとおっしゃるのでほんとうに

困ってしまう。右大臣は生真面目な人なので、想いこんだら一途で融通がきかないのでどうしようもないのです」

など閨物語にお洩らしになることもありました。

でもわたくしはこちらへ来て以来、匂宮さまに一日の夜離れもなく愛されておりましたので、自惚れもあり思い上がっていて、まさか、匂宮さまがそのお話になびかれるとは思いもかけませんでした。むしろ、故致仕太政大臣家の御当主按察使大納言の姫君に、時々わたくしの目を盗んでは、お便りをしているのが気にかかっていたのです。

ところが、やはり噂は本当でした。

匂宮さまはある夜、わたくしを抱きしめたまま、

「決して気にしてはいけませんよ。わたしが右大臣家の六の君を押しつけられていて、困っているのは知っているでしょう。

しかし、世の中には様々な面倒な義理があって、夕霧右大臣は世間にも聞こえた一徹な生真面目な方だけに、いったんこうと言いだしたら、後へ引けないのです。中に入った中宮さまがあんまり責められて、色々泣き言をおっしゃるのがお気の毒だし、かつ親不孝にもなりますので、とうとう心ならずも結婚を承知してしまいました。あなたを愛している気持は、もうこの一年、わき目もふらなかっ

たわたしの態度でよくわかってくれているでしょう。

今、右大臣の気を損じては将来わたしの立場で色々不都合なこともできてくるのです。ここのところは、嫌だろうけれど、目をつぶって許してください。もちろん、まだずっとずっと先のことだけれど」

と、おっしゃるのでした。わたくしの立場でなんの反対ができましょう。ああ、やっぱり心配していた通りの事が起こってしまった。父宮がおさとしなさったのはこの事だったのです。どうせしがないわたくしの立場だもの、世間の物笑いにされるのが落ちでしょう。結婚後に根が浮気な御性分と次第にわかってきていたので、こんな日の来ることも内々覚悟はしていたつもりだったけれど、こうまで早く、その危惧が実現しようとは。

面と向かっては相変わらずおやさしく、情熱的に愛してくださるのだけれど、六の君と結婚なさってお心が移り、急に冷たくおなりになった時は、とても恥ずかしくてここにはいられないでしょう。宇治に帰っていったところで、山里の人にまで、見捨てられておめおめ帰ってきたなど指さされるのも、想像しただけで身がすくみます。

姉上さま、姉上さまはいつでもおとなしく嫋々（じょうじょう）としていらっしゃいましたが、芯はお強くしっかりしていられたからこそ、薫君さまのあれだけの情熱にも負けておしまいにはならなかったのですね。尼になろうとまで思いこんでいらっしゃいましたもの。

姉上さま、悲しいことに、わたくしはもうすでに匂宮さまのお胤を宿しているのです。匂宮さまはそれに気づかずにいます。

悪阻が始まって、苦しがり、横になることが多くなった時も、夏の暑さに負けたのだろうかなど心配してくださるのです。わたくしは恥ずかしくてとても打ち明けられません。告げ口するようなお喋りの女房もおりませんので、匂宮さまはまだお気づきではなかったのでした。

婚礼の日取りを匂宮さまは最後までわたくしにかくしていらっしゃいましたが、世間で誰知らぬ者もないその日は八月の何日と、外からわたくしは聞き知っておりました。

それまでは夜離れなどなさったことがないのに、わたくしと向きあうのが苦しいのか、あるいは夜離れに今から馴れさせようとでもお考えなのか、これまでになく、内裏で宿直なさることなども多くなり、それがまたわたくしには馴れないことなので悲しく淋しくてたまりません。

いよいよその日の朝のことでした。匂宮さまは昨夜も宮中で宿直なさり、御車だけが帰ってきました。わたくしは、来し方行く末を思い悩んで、泣きながらほとんど眠れませんでした。何か女房のさわがしい様子が伝わり、大輔の君が薫君さまが突然いらっしゃったというのです。あたりにいい匂いがただよって御簾越しに拝するお姿がいいようもなく上品で美しく見えます。扇にのせた朝顔の花を簾の中にそっとさし出され、

「今朝庭の朝顔におりた露があまり美しいのでお持ちしたくなりました。それにしても、あなたを亡きお方の形見としてわたしがお世話すべきだったと悔やまれます。せっかく大君さまはそうせよとおっしゃってくださったのに」

と、ため息をおつきになるのでした。きっとわたくしの今の立場をあわれみ、慰めにきてくださったのでしょう。

「露の消えぬ間に枯れてしまう朝顔のようにはかなく消えた姉上さまでしたけれど、後に残された露のようなわたくしはもっとはかない身の上です。これから先、何を頼りにして……」

といいさして、涙に咽喉がつまってしまいました。

「先日、あんまり秋風が身にしみますので、宇治へ行ってきました。庭も垣根も、いよいよ荒れはてて、悲しくて見ていられませんでした」

そんなことを聞くと、もう胸がいっぱいになってたまらなくなり、同じ悲しみを薫君さまと分かちあっているようなしみじみとした気持になり、わたくしは思

いもかけないようなことを口ばしってしまったのです。

「山里は淋しいところだけれど憂いの多い人里よりは住みよいと昔の人も申しています。わたくしは宇治では父宮や姉上さまの愛情につつまれて、ほんとうに憂いしらずの幸せな毎日でした。都に出てみて、今はもう一日も早く宇治へ帰りたい思いでいっぱいです。でもそれもままにならず、弁の尼が羨ましくてなりません。この八月の二十日あまりは父宮の命日に当たります。あの阿闍梨(あざり)のお寺の鐘の音を遠くからでも聞きたいと思います。どうかこっそり、わたくしを宇治へおつれくださいまし。それをお願いしたいとかねがね思っていたのです」

「あの険しい山道はとても女の方には無理です。御命日のことは、山の阿闍梨に、ちゃんと法要を頼んであります。あの山荘はいっそお寺にしてしまったらいかがでしょう。もし他にお考えがおありなら承りますが」

など話をそらせておしまいになりました。宇治へいったらそのまま出家して尼になりたいと思ったわたくしのたくらみを見抜いてしまわれたようでした。

その日が匂宮さまと六の君の御婚礼の日だったのです。薫君さまはそれで心配してわたくしの様子をそっと覗(のぞ)きに来てくださったのでしょう。

匂宮さまは、御所からそのまま六条院の夕霧右大臣邸へ行くはずの予定を、どう思われたのか、ふいにわたくしの所へもどっていらっしゃいました。この期に及んでも婚礼の日だとは打ち明けてくださらず、かといってお出かけになろうともせず、しきりに来世までも心変わりはしないなど、誓ってくださるのです。

　月が昇ってもお発ちになろうとはせず、いっしょに月を眺めたりしています。わたくしはあくまで知らないふりをして、精一杯さり気なくふるまったつもりでも、やはり涙があふれそうで愁い顔になります。とうとう、六条院から、御長男の頭中将さまがお迎えにいらっしゃいました。さすがに、それ以上ここに居るわけにもいかないと見え、立ち上がり、

「仕方がない、右大臣家へちょっと行ってきます。じき帰ってくるから、ひとりで月を眺めたりしてはいけませんよ。不吉なことですから」

　などいって、立ち去ってしまわれました。後はもう気がねのない涙があふれるにまかせ、枕も浮くほど泣き明かしてしまいました。

　情けなくはかないものは人の心であったと思い知らされてしまいました。日頃、匂宮さまが情の深いおやさしい扱いをしてくださるので、つい、人の心のはかなさも、自分の身の上の頼りなさも忘れていたのです。

　口ではどんなおやさしいことを言っても、こうして現実にわたくしをひとり残して、新枕をかわすため出かけていっておしまいになった男心を、どうしてこの先、信じていけましょう。お腹の子さえなかったら、いっそ命を絶ちたいも

のを。

姉上さま、もう、どのように心を保って暮らしていっていいかわからなくなりました。

お願いです。一日も早く、わたくしをそちらへ呼びよせてくださいまし。お腹の赤子といっしょに、そちらへまいりとうございます。苦しさに耐えかねて、心が狂ってしまわない前に。

浮舟

✸

うきふね

弁の尼のかたる

中の君さまが京へお移りになってからは、この宇治は、光も消えたような淋しさでございます。尼になったわたくしと、ひとりふたりの年老いた女房だけが居残り、故八の宮さまと大君さまの御菩提をひたすらお祈りして暮らしております。

山荘は荒れるにまかせて傷んでゆくのを、時折お訪ねくださる薫君さまが見かねて、あれこれ修理を里人にお命じくださったり、庭木の手入れもさせてくださいますので、なんとか体面は保たれております。

今時こんな誠実な、よくお気のつくお方があろうかと思われる薫君さまは、この頃、なぜかまたしきりに宇治へお立ち寄りになられるのでございます。

「どうしても忘れられない大君の人形を写した像を彫らせ、ここを寺にして安置して、あの方の記念にしたいと思う。弁の尼は、その寺を終生守ってくれるだろうね」

などと、涙を浮かべてお話しになるのを伺いますと、わたくしも貰い泣きせずにはいられません。

このお方のおいたわしい出生の秘密を分けもっておりますせいか、薫君さまは、時にわたくしをひどくなつかしまれるかと思うと、ふいに、顔を見るのもおぞましいとお感じになることもおありのようでした。おそらく、お心の深いところでは、わたくしさえ死ねば、あの秘密は、御母上の尼宮さまと、薫君さまだけの秘密として、永久に秘し通されるものをとお考えになっていらっしゃるのでしょう。それも、当然でございます。

わたくしもいつあの世に召されても悔いない心で、ひたすら来世へ渡らせてくださいと、朝夕、祈っておりますが、下司の身の丈夫さからか、風邪もひかず、どうやら安穏に暮らさせていただいております。

しばらくお立寄りのなかった薫君さまが、久々で、とある秋の日の昼下がり、お訪ねくださいました。

お顔を見ればおなつかしく、自然に大君さまのことが想い出されて、わたくしたちの間にはひとしきり亡きお方の想い出話に花が咲きます。夜の更けるのも忘れて、身近にわたくしをお呼びよせになったまま、昔話に飽きもなさらないのでした。思い出したくないふりをなさりながら、ふたりきりになると、つい亡き父君のことなど、それとなくお聞き出しになるのがいつもの例でした。

少しおやせになったので、いっそう故柏木権大納言さまに似ていらっしゃったように思われます。つい、それを申しあげますと、唇を歪めてお笑いになり、

「わたしも、今、切ない報われぬ恋に心を焼いているからだろう」

など、思いがけないことをおっしゃるのです。それとなくお話しになることでお察ししますと、どうやら中の君さまにいつの間にか道ならぬ懸想をなさってお苦しみの御様子です。

「大君を忘れられない気持が、大君になんといっても似ていらっしゃる中の君に逢うとかきたてられるのです。それに中の君は匂宮がとても可愛がって大切にしてはいらっしゃるものの、周囲からの圧迫で、とうとう夕霧右大臣の六の君と御婚礼の運びになり、六条院に住まわれる六の君の所へも通うようになったのです。この結婚が中の君をどんなに傷つけたか、察しても余りがあるので、わたしは見舞っておなぐさめするうちに、自分の心が抑えられなくなってしまった。中の君はここにいた頃より少しおやせになって、いっそう大君に似てこられたのですよ。それに根がおっとりした華やかなお方だから、二条院に奥方として

おさまられても実にぴったりして、なんの不自然もないのです。

　前よりずっと女らしく匂やかになって、それはもう男なら誰だってうっとりしてしまう。それに大君よりも人なつかし気なところがおありなのが魅力なのです」

「ずいぶんおほめになられますこと」

　わたくしがつい笑ってしまうと、薫君さまも照れて咳払(せきばら)いなどなさりながら、

「実は匂宮が六条院に居続けて帰らないある日、つい、心を抑えかねて、危ないところまで迫ってしまった。しかし、その時、あの方の腹帯にさわって、はっとして身をひいたのです。妊娠していらっしゃるとは全然気づかなかったので愕(おどろ)いた。そういうところがわたしの分別臭いいやな面で、後でいつまでもそのことを悔やんではうじうじしてしまう。この山荘でだって、大君からわざわざ中の君を与えられた夜があったのに、大君に心の操(みさお)を立ててわたしは一晩中あの方と話だけして夜を明かしてしまった。とても人には信じてもらえないことだろうけれど」

「いいえ、わたくしは信じております。大君さまもそのことではとても悩んでいらっしゃいましたから。口をさしはさむことはできずだまっておりましたけれど」

「浮気な匂宮と知っていて、手引きしたのはこのわたしなのだから、尚更始末が悪い。どうやら匂宮はわたしの移り香から中の君を疑っているらしく、何かにつけ皮肉をいったり直接ことこまかに詰問されたりして、中の君をお苦しめになっているようだ」

「大輔の君が話したことでございましょう」

「そうだ。大輔の君に手紙などこっそり言づけているがいっこうにお返事さえ貰えない」

大輔の君は宇治からついていった女房の中では一番しっかり者ですが、物欲の強い単純な女なので、こんな時、中の君さまのいいお味方にはなれないだろうと思うと、中の君さまがお可哀そうでなりません。

六の君は評判のお美しさの上、お若いし、後ろ楯として当世第一の権勢家の夕霧右大臣をひかえていらっしゃるのですから、中の君さまはどんなにか、お心細いことでしょう。

あからさまなことは何もお書きにならないまま、この頃しきりにお便りを頂戴して、宇治へ帰りたい、そなたとふたりでお祈りだけの暮らしをしたいなどといってお寄こしになるのです。わたくしも、大方のことはお察ししていましたが、薫君さまの打明け話で、何もかもうなずけました。

このお方の実の父君は若い感情にまかせてこらえ性がなく、女三の宮(おんなさんのみや)さまとまちがいを犯してしまわれましたが、その父君と同じ激しい血を受けついでいらっしゃりながら、薫君さまの抑制の強さはいったいどこから来たものでしょう。

「ついこの間も、匂宮のお留守に伺って、いろいろ大君の思い出話をしている時に、宇治に寺をつくり、大君の人形を彫らせ後世(ごせ)を弔いたいと話したら、思いがけないことを中の君が口にされたのです。今まではこの世にいることも知らなかった人が、遠い所から京へ帰ってきて、便りをよこされた、そんな異母姉妹がいるというのです。

『あんまり突然な話なので半信半疑でしたが、この間、訪ねてきましたので逢いましたら、亡き姉上の御容姿にあんまりよく似ていて、とてもなつかしくなってしまいました。あなたはわたくしを姉上の形見のようにおっしゃいますが、まわりの者は誰も、姉上とわたくしはあまり似ていないといいます。それほど似るはずもない母ちがいの妹のほうが、そっくりに生まれついていたのはどういうことでしょう』と、話されるのです。

『まるで夢のような話です。どうして今まで、そのことを話してくれなかったのですか』と怨(うら)むと、自分だってほんとに思いがけない話だし、八の宮にとって名誉な話でもないのでといわれたのです。その人は今の身分からいってわたしの対象としてはすすめかねるという御様子だったけれど、大君の人形を模(うつ)すためには最適ではないかと話された。弁の尼は、故八の宮の昔のこともよく知っているはずだ。そんな姫君がいらっしゃったかどうか、ほんとのことを話してほしい」

と、詰め寄られてしまいました。

秋も闌(た)けて、風ばかり激しく吹きつのり、もの淋しく荒々しい川瀬の音ばかり聞こえてきます。いつもはひとりで聞いている風や波の音が、今夜は薫君さまとふたりで聞いていると思うとかえって腸(はらわた)にしみるほど淋しいのはどうしたことでしょう。故柏木権大納言さまが御臨終近い頃、お生まれあそばした薫君さまを、一目見たいと切ながっていらっしゃったことを思いだすにつけ、生き残りこうまで長生きした死に際近くになって、薫君さまにお逢いした自分の運命が不思議に思われます。

長生きしたばかりに、中の君さまの今の不安定なお立場やお苦しみなど、風の便りに聞かねばならぬのも悲しゅうございます。

また、思いがけないお方の出現を、今頃になって耳にするのも生き過ぎたからでありましょう。

中の君さまが薫君さまに話されたお方は、故八の宮さまのまぎれもない忘れ形見でいらっしゃいます。

北の方がお亡くなりになってまだ日も浅い頃、宇治にお引きこもりになる前のことでした。お側近くにお仕えしていた中将の君という上﨟（身分の高い、上席にある女房）に淋しさのあまりか、ひそかに情をおかけになったのでした。誰もそれと気づかぬうちに、中将の君が女の子を出産しました。宮は御自分の御子と思い当たられるにつけ、かえって、面倒で迷惑なことになってしまったと目障りにさえ思われ、その後、二度と中将の君に情をおかけになることもなくなりました。なんだかすっかりそれにお懲りになったようで、それ以来、ひたすら仏道修行一途のお暮らしに入られてしまったのです。

中将の君は八の宮さまの亡き北の方の姪に当たられ、わたくしは北の方とは従姉妹の間柄でしたので、中将の君とも縁続きの間柄でしたが、中将の君が八の宮さまの姫君を産んだ頃は、わたくしは筑紫に住んでいましたので、親しくつきあうこともありませんでした。けれども中将の君が上品で気立てもよく、人に好かれる人柄だったとは人伝にもよく聞いておりました。

中将の君は八の宮さまに冷たく見捨てられ、身の置き所もない思いでお暇をいただいたようでした。その後、陸奥守の妻になったようでしたが、夫の任期が終わった時上洛してきて、その姫君が御無事に御成長なさったことを、宇治の山荘の昔の女房仲間にそれとなく便りしてきましたのを、八の宮さまがお聞きになり、決してそんな便りに返事をやってはならぬと、それはきつくお申しつけになりました。

　中将の君はそのことを伝え聞き、あんまり冷淡なお仕打ちだと嘆いたようでございました。おやさしい八の宮さまにしてはこの件に関しての冷酷さだけは、解しかねるところがございました。

　その後、夫が常陸介（ひたちのすけ）になったので、中将の君もそれについて下向し、何年かまるで音沙汰がなかったのです。

　ところが今年の春、京へ帰ってまいりまして、その姫君が二条院の中の君さまをお訪ねしたとやら、ちらと耳にしております。その姫君は、お年も二十（はたち）ぐらいにはおなりでしょう。それは可愛らしく成人していらっしゃるのがおいとしいなどと、中将の君は女房たちへの手紙にまでくどくど書き続けてきたようでございました。

　薫君さまに訊（き）かれるままに、その姫君のことを申しあげますと、薫君さまは殊の外、好奇心をそそられた御様子で、

「大君に似ている人なら、知らぬ遠い異国の果てまでも訪ねていきたいところなのに。八の宮さまがお認めにならなかったとはいえ、まぎれもない大君や中の君の御妹にちがいない。わざわざでなくても、もしついでがあれば、わたしがぜひ

お世話したいと思っていることを伝えてほしい」

などとおっしゃいます。

「つい先だって、京の大輔の君から、その姫君がぜひ八の宮さまのお墓へなりとお詣りしたいとおっしゃっていられたから、そのつもりでいてほしいなど申してきました。まだわたくしには直接便りもありませんが、そのうちいらっしゃいましょう。その節にはついでに、お気持をお伝えしておきましょう」

と申し上げました。

薫君さまは、こちらの寝殿を山の阿闍梨さまのお寺の中へ移築して、八の宮さまと大君さまの菩提寺になさるおつもりで、中の君さまもそれを了承なさった御様子でした。

その頃、薫君さまは、帝と藤壺女御の間にお生まれになった女二の宮さまとの御縁談が進んでいらっしゃいました。御母女御は、女二の宮さまの十四の時、裳着のお支度の最中に、物の怪に憑かれ、あっけなくお亡くなりになってしまわれたのでした。

この女御は、帝が皇太子の時、誰よりも早く入内なさったお方で御寵愛も厚かったのですが、後からお入りになった明石の中宮の御威勢に圧されて、立后のこともなかったのでした。それでも帝はこの女御を深く愛されていられたので、女御の夭逝をたいそう悲しまれ、残された女二の宮さまへのおいつくしみは、格別のものとなられたそうでございます。

後ろ楯も少ないこの内親王を帝は御父朱雀院のひそみにならって、薫君さまに御降嫁させ、生涯、面倒を見させようとお考えになったのでした。

帝と女三の宮さまは御兄妹ですから、薫君さまと女二の宮さまは御従兄妹にあたられます。帝の直々のたってのお話を薫君さまは御辞退できず、母上の尼宮さまのお口添えもあって、この御縁談を御承諾なさったと承っております。今も尚、大君の俤がお胸から消えることなく、だからこそ中の君さまに道ならぬ恋心を抱いたりなさる薫君さまにとっては、この御縁組みは義理にからまれてのもので、

「仕方がないのだよ。一向に気が進まないが」

など、わたくしにまでお洩らしになっていらっしゃいました。

その年も明け、正月の晦日から中の君さまは、御出産の予兆でお悩みになり、二月に入って、めでたく男御子を御出産あそばしました。

大輔の君からの使者がそれを知らせてくれた時、わたくしは安堵のあまりその場にへなへなと坐りこんでしまいました。いくら匂宮さまの御寵愛を受けましても、後見のない中の君さまのお立場は、世間から軽視されていらっしゃいました。もうこれで世間も中の君さまを軽々しくはお扱いできないでしょう。

薫君さまもこの新春に権大納言兼右大将に昇進なさいましたが、御自分の昇進よりも、この御出産を喜ばれ、例によってお祝いの品々を、中の君さまの里方のようにぬかりなくお贈りくださったということです。

匂宮さまは、はじめての御子、それも男御子を持たれて手放しのお喜びようで、前にもましていっそう中の君さまへの愛情が深まったとのことでございました。

おめでたはつづくもので、同じ二月の二十日すぎには、女二の宮さまの御裳着のことがあり、その翌日の夜が薫君さまとの御婚儀ということになりました。その後で女二の宮さまを、薫君さまの三条の宮にお迎えなさったとのことでございます。

あれほど義理だとか、気が進まないとかいっていらっしゃっても、可愛らしい若い女二の宮さまとの御結婚は一応薫君さまを落ち着かせたかとお見受けしました。

ところが薫君さまは、新婚二か月ほどで、早々と宇治へお越しになったのです。例の山の御寺の造営の様子を御覧になりついでに、わたくしのいる山荘へもお立ち寄りくださいました。

ところが偶然、この日に例の中将の君の姫君が初瀬詣りの帰りにこの山荘に立ち寄られたのでした。実は行きにもここに泊まって行ったのです。一足先に薫君さまの一行が来られたので、勘の鋭い薫君さまは、東国訛のなんとなく荒々しい供の者の態度から、はっと思い当たられたのでしょう、素早く御自分の従者や馬を遠くへかくされ、御自分は山荘の中に入って、

「早く姫君のお車を入れなさい。ここに先客が泊まっているけれどその客は北面にいると伝えなさい」

と、お命じになります。

姫君の一行は、先客が誰とは知らぬまま、なんとなくそこらにいる狩衣姿の従者たちが垢ぬけていて、いかにも身分の高い人の従者らしく見えるので、硬くなって馬なども脇へひきのけて、皆かしこまっています。

この寝殿は、山へ移転させた旧い寝殿跡に新築したもので、まだ簾も几帳も用意しきれず、人目をさえぎることもできないのです。

薫君さまは格子を下ろしきった真ん中の二間の部屋の、間仕切りに立ててある襖の穴から姫君の一行を覗こうという魂胆です。わたくしをこっそり呼ばれ、

「先方にわたしの来ていることは決していわないように」

と、口止めなさるのです。女房たちにもわたくしがそういいつけましたので、姫君の一行は何も知らず車から降りはじめました。

まず若い田舎(いなか)びた女房が降り、車の簾をかかげ、つづいてもうひとり、まあまあ見られる女房が降り、その後から年かさの女房が降り、

「早くお降りください」

というのに、車の中から、

「なんだか人に見られているような気がして……」

と、ためらうのは上品な若々しい声です。

わたくしはこざっぱり着がえをして、客たちを改めて出迎え、挨拶いたしました。姫君はもう疲れきって、物によりかかって悩ましそうに伏せっていらっしゃいます。

「ずいぶんおそうございましたね。昨日お帰りになると思ってお待ちしていたのですよ」

というと、年かさの女房が、

「はい、その予定でしたが、姫君さまが、なんだかすっかりお疲れになって御病人のようになられたので、昨日は泉川(いずみがわ)のあたりで一泊して、今朝もなかなか出発できなくて、やっと着いた次第です」

と、いいます。その間に姫君はようやく起き上がり、わたくしの手前も恥ずかしがって顔をそむけていられます。そのいかにもしっとりしたまなざしといい、

髪の生えぎわのすっきりした感じなどが、はっとするほど大君さまに生き写しなのです。はじめてこの姫君にお逢いした時もそう思いましたが、疲れきって、今にも消え入りそうにしていらっしゃる憂いをふくんだ悩ましげな御様子は、いっそう大君さまかと見まがうばかりでした。

あたり一面にたちこめてきたいいようのない芳香を、しきりに女房たちがほめそやします。

「さっきからなんというすばらしいお香かと話していたところでございます。こんなすばらしいお香はとても常陸あたりでは手に入りませんわ」

わたくしはそれが襖のかげにかくれていらっしゃる薫君さまの匂いだとわかっているので、おかしくてなりません。あの襖の向こうで穴に目をくっつけて覗きつづけておいでの薫君さまの御様子を想像しただけで、何も知らないこの人たちが気の毒になってきましたので、早々にその場から引きあげました。

薫君さまは後でわたくしのところにいらっしゃって、

「こうまで似ているとは思わなかった。なんと品のよい可憐(かれん)な人だろう。ぜひ、この間頼んだ話を向こうに伝えてください。あの方なら、大君を失ったわたしの心のうつろを埋めてくれるにちがいない」

など、すっかり気がはやっていらっしゃるのです。

「実はこの前ご意向をお伺いして以来、よい折もがなと様子をうかがっておりましたところへ、この二月、姫君と母君が初瀬詣でにいらっしゃったといって、こちらへはじめて立ち寄られたのです。その時、つもる話のついでに、母君にはそれとなくお心のむきをお伝えしておきました。それが本当なら、もったいないお話ですなど感動しておりましたが、折悪(あ)しくその頃は、あなたさまは女二の宮さまとの御婚儀の後で、何やかやとお忙しい時だし、こんな話は申しあげるべき時ではないと御遠慮していたのです。

今度は母君のほうは何か都合が悪く、姫君おひとりでいらっしゃったので、まさか直接そんなお話はできませんし」

と、申しあげました。初瀬詣での中宿(なかやど)りにするのも、故宮の御跡を慕ってのことと思うと、いじらしくお気の毒でなりません。

「同じ八の宮さまの御子でありながら、この姫君ばかりをなぜ八の宮さまは可愛いと一度もお思いになってくださらなかったのでしょう。わたくしの運がつたなくて、遠い東北や東国ばかりをさすらい、すっかり田舎臭いお人にしてしまったのではないかと不安でなりません。それに常陸介は子沢山で、先の亡くなった北の方の御子も大勢いる上に、わたくしが次々、五、六人も産みましたのです。どの子も可愛がりますのに、この浮舟(うきふね)のような頼りない可哀そうな姫君だけは継子(ままこ)

扱いして、何かにつけ差別するのです。それが辛くて、わたくしだけでも不憫なこの姫を守らなければと、肩肘張ってしまいます。いくらあせっても、なかなか当節は殿方も賢くなってしまわれて、結婚の相手の財産ばかりを勘定していらっしゃいます。八の宮さまはまるで御子でないような扱いをなさいましたが、れっきとした八の宮さまの忘れ形見なのですから、いい加減な殿方と結婚させるわけにもまいらないのです。どうぞお察しくださいまし」

と、しみじみ泣かれた時には、わたくしも貰い泣きしてしまいました。

「かといって薫君さまのような貴い御身分のお方とでは、あまりにも釣合いが取れなくて、田舎育ちのこの姫君ではとてもお仕えできかねると思います」

と、不安がるのでした。

「わたくしの口からいうのもおこがましいですけれど、この姫君がもっと器量の悪い並みの人なら、わたくしもこうまで悩みません。さすが八の宮さまのお血筋だけに天性の品といい、お顔も姿も声までも、中の君さまにさほどひけをとるとも思われません。それだけに八の宮さまの御霊に対しても、いい加減な結婚はさせられないと思うのです。受領の娘風情で一生を埋もれさせたくはないのです」

何もかももっともなことなので、わたくしは貰い泣きするばかりでした。

心を打ち明けて話す相手がなかったせいか、それとも生来人なつっこい性質なのか、母君は世を捨てた尼のわたくしに、あれもこれも打ち明けたい想いを抑えかねるというふうで、一晩中、堰が切れたように話しつづけたものです。

夫としている常陸介も、決して素性の悪い人ではなく、上達部の家柄で上級貴族に属し、一族の者も、それぞれ相応の立場にいた上、長い受領生活の間に貯めた財産は目ざましいほどで、それなりに本人は気位が高く、暮らしぶりも、住まいを華やかに飾りたてこぎれいにして、風流のたしなみも、ひとかどに心得たつもりでいるものの、なんとしても長い東国の田舎住まいの間に身についた粗野な面がぬけないのだそうです。

長年、遠い東の涯に暮らしつづけたせいで、言葉に聞きとりにくい訛や発音があって垢ぬけしないとか。権勢のある高家に対しては妙に卑屈になってへりくだるものの、一面では、なかなか抜け目なく立ち廻るところもあるそうです。琴や笛などという風流の道にはうといかわりに、弓矢にかけては自信たっぷりの名人とか。

受領という身分にこだわらず財力に憧れて集まってくる若い女房たちに、美しい衣裳を着せ、身嗜みにこらせて華やかに仕えさせているとか。下手な歌合わせをしたり、物語を読んだり、庚申の夜、徹夜で遊び興じたりして、勢いそこへ欲と色の期待をかけた若い公達（きんだち）が、物欲しそうに集まってくるという有様のようなのです。

母君はそんな常陸介の暮らしぶりを時には批判的に、時には自慢気に話してきかせるのでした。

「そういう若い殿方の中には、わたくしどもに娘が何人もいるので、結婚して夫の財力にあやかりたいと求婚してくる人たちも少なくはありません。でも、わたくしの目から見ると、介（すけ）との間に生まれた娘たちはともかくとして、姫君には、そういう人たちがふさわしいとは思えないのです。自分の身分が女房だったために、八の宮さまにあんなに冷たくあしらわれた口惜しさ無念さは、決して忘れているわけではありませんし、身分の高いお方のお心の自分本位な冷たさは、骨身にしみておりますのに、やっぱり姫君には、相当な結婚をさせたいのです。

夫は、わたくしが姫君だけを子どもたちの中で特別扱いするといってひがみ、事毎（ことごと）に姫君のことではわたくしに楯つきます。自分の子を吾子（あこ）と呼び、姫君のことは露骨に継子扱いするのです。底意地の悪い人ではないのですが、単純な一徹な人間なので仕方がありません。

それでも、八の宮さまに捨てられ、まるで追放された形で寄る辺もなかったわたくしを拾ってくれた男ですし、お恥ずかしい話ですが、それ以来ただもう、こんなわたくしひとりを守ってくれ、他の女には目もくれないできましたのが、やはりありがたいことと思わねばならないでしょう。いくら高貴の身の上でも、多情な男や浮気っぽい男に泣かされるくらい、女にとって辛いことはないようですから……」

そんな思いきった打明け話まで聞かせるのでした。

初瀬の観音さまに願かけして、なんとしてでもこの薄幸な姫君に、よい縁が恵まれますようにと祈っているのだそうです。

「先妻の残された娘たちは三人まで縁づけてわたくしの務めは一応果たしたところです。夫との間に生まれた娘はまだ十三、四ですから急ぎません。宮さまの姫君は、はや二十ばかりになりましたので、わたくしもつい、気が焦りまして」

と、母親らしい心配顔になった時、昔の若かった日のこの人の愛らしい俤がふっと覗いたようでなつかしくなりました。

「昔、いっしょに仕めていた大輔の君が、中の君さまに従って、今は匂宮さまのお邸で、ずいぶん羽振りのいいお暮らしをしていらっしゃるようですね。京に知人もすっかりいなくなったので、大輔の君とは時折文通して旧交をあたためておりろます。中の君さまは御生母のお顔も覚えないほど早くお別れになったのがいじらしくお気の毒に思われましたが、そのお方が今のような素晴らしい御縁に恵まれるのですから、人間の運命ほどわからないことはございません。せめていつかは姫君が御対面させていただけないものかと、これも観音さまへの願かけのひとつでございます」

そんな話をこまごま聞かされたついでに、薫君さまの姫君への御執着を母君に話すことはたやすいのでした。

聞いた話の中でさしさわりのないことだけは薫君さまに申しあげましたが、常陸介の邸に集まる多くの求婚者がいるということが気がかりになられたと見え、かといってそういう身分の者たちと競うお立場でもなし、いつも沈着な薫君さまにしては珍しく気がせかれたようで、

「なんだか宿命的な出逢いのような気がする。さっきあの方を覗き見した時は、思わず駆けよって、あなたはこの世にやはり生きていらっしゃったのですねと、声をかけたいくらいだった。亡きお方にあんまりそっくり生き写しなので心も動転してしまった。玄宗(げんそう)皇帝は、方士(ほうし)を遣わして、蓬萊(ほうらい)の島まで亡き楊貴妃(ようきひ)を捜し需(もと)め、釵(かんざし)だけを受けとったと伝えられているが、それだけでは、やっぱり、とても物足りなく思われただろう。この姫君は、亡き大君とは別人なのに、同じ人の形をしていらっしゃる。きっと心も慰められるにちがいない。こうして思いがけなく逢えたのも、深い宿世(すくせ)の因縁があるのかもしれない。いや、もしかしたら

大君が、あんまりわたしがあきらめないので不憫に思って、そっくりの姫君をつれて来てくださったのかもしれない」

など、切々と訴えられるのです。

わたくしはその一筋に燃えあがるような熱情にふれるにつけ、遠い昔の、このお方の父君の思いつめた狂的なまなざしが思い出されて、ふっと、冷たいものが背を走りました。

「とにかく今日はひとりというのもかえって好都合だ。あなたから、姫君にわたしの気持だけでも今夜のうちにしっかり伝えておいてほしい。これも深い因縁だといって」

と、せかすので、わたくしもつい笑ってしまいました。

「まあ、まあ、突然、とってつけたようにいつの間にできてしまった御縁なのでしょうね」

嫌味をいいながら、わたくしは姫君に御意向だけは伝えに、奥へ入っていったのです。

薫君さまは、その後もこの姫君のことはお忘れにならず、早く御自分のものにしたいと思ってはいらっしゃるものの、御身分をわきまえられ、お手紙ひとつお届けにはなりません。専らわたくしを責めて、母君への取次ぎをお命じになるのでした。

母君はひたすら恐縮するばかりで、あまりの身分ちがいにひるむようです。

「なんでも薫君さまは、長年の間、ありきたりの女人ではお気に召さず、夕霧右大臣さまや、按察使大納言さま、蜻蛉宮さまなどが、しきりに姫君との御縁組みをお望みになられたのに御承知なさらず、帝の御寵愛の内親王さまをこの度お貰いになったとか。とてもとてもうちの姫君などに、本気でお心をかけてくださるとも思えません。尼宮の女三の宮さまに女房としてお仕えして、時々お目をかけていただくというなら、まあ、納得もいきますが、それではやはり、いつかはわたくしの二の舞になって、可哀そうな目も見なければなりますまい。こんな失礼なことを申しあげてお許しくださいな。つい、自分が苦労しましたせいか、ひがみっぽく疑い深くなっているのかもしれません。八の宮さまは、情も厚く申し分ない方でしたが、わたくしなど人並にも思ってくれず、さげすまれて、あんな辛い情けない目も見たのです。高貴のお方には、どこかはかり知れない冷たい、怖いところがあって不安でございます。夫の介などは全くお話にもならぬ武骨者で、腹の立つことも多いのですが、その分、実もあるのでございます。

やはり分相応の御縁が無難なのではないでしょうか」

などということばに、一理があって、わたくしもこの御縁の行方は、み仏におまかせするしかないと思うようになりました。

それにしても、いつまで長らえて、こうした浮き世や男女の仲の様々を、見なければならないのでしょう。

流星

✸

りゅうせい

浮舟の母中将の君のかたる

この世は憂き世とはかねがね思い定めながら、このところどうしていいかわからない思いがけない事件が次々襲ってきて、何からお話ししていいやら、戸惑ってしまうほどの災厄つづきでございます。

まずはじめに、常々格別の御心配いただいております八の宮の忘れ形見の浮舟の君に、熱烈な求婚者があらわれたのでございます。

わたくしは夫の常陸介から何かにつけて常に継子扱いされ目に余る冷遇を受けている八の宮の忘れ形見の浮舟の君が可哀そうでならず、早くいい縁に恵まれるようにと、それぱかり神仏に祈り、初瀬の観音さまに願かけもしておりました。先妻腹の娘はそれぞれ縁づけましたので、今はこの浮舟の君だけが心がかりなのでした。

そこへ降って湧いた求婚者は、左近少将(さこんのしょうしょう)という二十二、三の若さながら、性質も落ち着いて見え、学問も世間に一応認められているまああの人物なのです。ただ、あまり暮らしは豊かでないらしく、これまでの妻の家も充分婿の面倒は見かねる程度だったかして、その妻とも縁を切り、うちの浮舟の君に対して、それは熱心に求婚しはじめてきたのです。

他にもいい寄る人は色々ありましたが、わたくしの判断では後見(うしろみ)といってもない浮舟の君には丁度この程度の人が頃合かと思い、浮舟の君に少将の文(ふみ)を取り次ぎ、返事も書かせるようにして仲を取り持ちました。どんなに夫がこの浮舟の君を粗略に扱っても、わたくしは命に代えてもこの君の幸せを守る覚悟でした。どんな男だって、この切ないほど美しく上品な浮舟の君の顔や姿を見たら、夢中になるだろうという自信もありました。

結婚の日取りも八月ごろと約束して、部屋の調度類や、遊びの道具などにも心を尽くし、趣味のいいものばかり選び抜いておきました。

介(すけ)はそういう方面はさっぱり趣味がないので、わたくしがこっちのほうが上等ですといえば、二級品でも特級品と信じこんで喜んでおります。蒔絵(まきえ)にしろ螺鈿(らでん)にしろ細工の上等なものはみんなこの女君(おんなぎみ)のために取りこんでおきました。介は、道具を見る目もないので、人がいいといえばなんでもかき集め娘たちの部屋に置き並べ、その中に埋もれた娘が、目だけをやっと覗かせているという有様なのでした。

そのうち少将が待ちきれなくなって結婚を急いてきました。わたくしもそこで自分ひとりの了簡で縁談を取りきめるのも不安になり、仲人口をきいてくれた人を呼び、はじめて浮舟の君は介の実子ではないことを打ち明けました。

「そういうわけで、わたくしにとっては格別不憫な娘ですが、父親がないので何かと肩身のせまい想いもあるし、充分なことができないかと案じております」

といった話を、仲人から取り次がれた少将は、すっかり腹を立ててしまったのです。

「そんな話は今はじめて聞く。自分は常陸介の娘と縁が結びたかったので、父のない継娘などと結婚する気はない。それにしてもあんまりいい加減な話ではないか」

と、仲人が責められたといいます。この仲人もいい加減な人物で、それならと、平気で介の実の娘、浮舟の君には異父妹に当たる年若い娘に話をすりかえてしまったのです。

介は話を聞いて有頂天になり、自分の財力で叶うことなら少将の出世のためにいくらでも応援しようなどといい、この縁談を承知してしまいました。

少将は介の財力と権力だけが目当てだったので、これもまた恥知らずに、こちらの縁は破談にして、介の実の娘との縁に乗りかえてしまいました。しかも腹黒い仲人はそうなったことをわたくしには全く報告しませんでした。その上、そちらの婚礼の日取りを、事もあろうにわたくしの取り決めた八月のその日と決めてあったのです。

　こちらは仲人から、その後何もいって来ないので、少将が打明け話にも納得してくれたものと思いこみ、当日は浮舟の君に髪など洗わせ、美しく化粧させ、婚礼らしく身づくろいさせますと、その輝くような美しさはわが子ながら惚れ惚れするようでした。貧乏な少将などにやるのが今更ながら惜しくなってまいります。それでも、もう二十をすぎておりますので、縁がこれ以上遅れてはと、自分に言い聞かせておりますところへ、夫の介が荒々しく踏みこんでまいりました。左近少将は、浮舟の君は父なし子だから、結婚は不承知で、介の実子の稚い娘と縁組みをし直したと臆面もなくいいわめくのでした。

　あまりのことに開いた口もふさがりません。気の強い乳母は口惜しがって泣き、

「だから薫大将がぜひにと望まれた時、素直にさしあげたほうがよかったのですよ。あんな少将風情に見下げられ、こんな恥ずかしい目にあわされるような姫君ではないのです」

と、ぶるぶる軀を震わしてののしり怒ります。わたくしは薫大将さまのような身分違いの貴い立派な方のお情けを受けたところで、かつてのわたくしのようにいつか人並にも思われず、末は惨めな思いをするのでは可哀そうだと思えばこそ、少将程度で縁を結ぶつもりにもなったのです。それを今更悔やんでも始まりません。すべてはこの姫君の運のつたなさなのでしょうか。この際、浮舟の君をどこかへかくして、せめてこの屈辱の家から逃れさせたいと思うばかりでした。

乳母とも相談して、思いきって、匂宮さまの北の方、中の君さまにお手紙をさしあげました。

どうかしばらくあわれな娘をおかくまいくださいというお願いでしたが、宇治でなじみのある大輔の君にもお口添えしてほしいと手紙をだしておきました。後で大輔の君から聞いたことですが、中の君さまは父宮さまが最後まで認知なさらなかった妹とつきあうのはどうかとためらわれたそうでございます。そこを大輔の君が色々取りなしてくれ、もともとおやさしい御性質なので、苦労しているらしい異腹の妹を憐れんでくださり、心よくお引き取りくださることになりました。

わたくしも心配なので、妹娘の結婚などはそっちのけにして、浮舟の君について匂宮さまのお邸に参上いたしました。

これまでは、とくにお許しのいただけなかった宮家に、こんなことで参上できるのもはからざる運命というものでしょうか。

乳母と若い女房たち二、三人ばかりで、宮家の西の対の西廂の北寄りに、人目につかないような場所をしつらえていただきました。

表向きは物忌みのためと触れておきましたので誰も近寄りません。わたくしは親しく中の君さまにお目にかかり、様々なぐちも聞いていただきました。宮の北の方としての自然な貫禄もおそなわりになり、中の君さまは御子一人産まれた後、女の人生で最高のお美しさに照り輝いていらっしゃいます。このお方の亡き母君とは叔母と姪の仲なのに、わたくしは女房となって仕えたばかりに、人生を狂わせてしまい、受領の妻に落ちぶれてしまったことを思うと、なんともいえない情けない惨めな気持になってしまいます。

ここで、二、三日滞在させていただく間に、わたくしは匂宮さまをこっそり覗き見して、その気品の高いお美しさに圧倒されてしまいました。夫の常陸介よりも風采や顔立ちもはるかに立派に見える五位や四位の連中が皆々ひざまずいてうやうやしくお仕えしております。わたくしの継子にあたる式部丞で蔵人を兼ねている常陸介の息子が、参上してもお側へも寄れず、庭のはるか下に控えているではありませんか。また、匂宮さまのお出かけの時、お供に参った人々の中の一人を、女房たちが、あれが今度常陸介の婿になった少将だなど噂しているのを見ると、こぎれいにしてはいるけれど、平凡で一向に見栄えもしない魅力のない男ではありませんか。匂宮さまの前では石ころのようにしか見えません。ああ、こんなつまらない男に見下げられたのかと思うと、こちらこそうんと軽蔑してやりたくなりました。

それにしても、こんな目もまばゆい貴いお方の北の方としてあがめられている中の君さまは、なんという御運の強いお方かと、今更のように愕(おどろ)きいりました。

匂宮さまはそれはもう中の君さまを大切になさり、若君を目に入れても痛くないようなお可愛(かわい)がりぶりです。並んでいらっしゃる御夫妻はほんとに夫婦雛(めおとびな)のようにこの上なくお似合いでいらっしゃいます。あの淋(さび)しい八の宮さまの宇治でのお暮らしぶりを思いおこすと、同じ宮さまでも、こうもちがうのかと呆(あき)れるほどでした。

中の君さまはいざお逢(あ)いしてみると浮舟の君に対しても親身な情をお寄せくださり、わたくしの愚痴なども、お心の底ではどう思っていらっしゃるかしれませんけれど、おやさしく聞いてくださり、慰めてくださるのでした。

「わたくしが生きております間は、なんとか守ってもやれますが、死んでしまった後はどんな身の上に落ちぶれさ迷うかと思うと、不憫でならず、いっそ尼にして深い山奥にでも住まわせようかなど、迷うのでございます」

と申しあげますと、

「まだ年若であんなに美しい器量なのに、尼になるなどとんでもないことです」

といってなぐさめてくださいます。薫君さまが、まだ大君（おおいぎみ）さまのことが忘れられず、今も思いつづけていらっしゃるお話などもなさるので、

「実はその薫大将さまが浮舟の君を大君さまの御身代わりに引き取って世話をしようとおっしゃってくださいましたとか。弁（べん）の尼君（あまぎみ）が、間に入って言ってくれるのですが、ありがたい中にも、あまりの身分のちがいも恐ろしく、八の宮さまにすげなくされた自分のことを思い出しますと、はじめから、こういう不釣合いな御縁は避けたほうがいいのかと思いまして」

と、悩みのままにお話ししますと、中の君さまは、薫君さまは決して不実な人ではないと力説されるのでした。

　そのうち、わたくしは薫大将さままで覗き拝する機会に恵まれました。匂宮さまが、后（きさい）の宮さまのお見舞いに参内（さんだい）したのと入れちがいに、宮中から下がった薫君さまがこちらのお邸へいらっしゃったのです。とても匂宮さま以上の殿方なんているものではないと思っていましたのに、薫大将さまのこれまたなんという御立派さ、艶（えん）な点では匂宮さまに軍配が上がりますが、優美で上品ですっきりしている点では、こちらが勝っているかと見受けられます。

あまり端然としたお美しさに、覗き見している自分のほうが、我知らず額髪をつくろったり襟元を直したりしているのも滑稽なものでした。

薫君さまは、中の君さまと、ずいぶん長い時間話しこまれていました。御主君の留守に不謹慎のように思いましたが、前からいるおしゃべりの女房が、

「薫大将さまだけは特別なのよ。大将さまとこちらの北の方さまは、御兄妹のような御関係じゃないのかしら」

親代わりにいつも、北の方さまの御不自由のないようお心配りをなさるのだと申します。

「それは行き届いていらっしゃるのですよ。こちらの匂宮さまは御自分は相当浮気な御性質の癖にたいそうな嫉妬焼きで、おふたりの仲を妬いてみせたりなさるけれど、北の方さまは全くとりあわないでいらっしゃいます。もちろん、おきれいな仲ですわ」

など話してくれるのでした。

薫大将さまは暗くなってからお帰りになり、わたくしがその後へ中の君さまに呼ばれました。客人のお坐りになっていられた真木柱にも茵にもいいようもなく香しい移り香がただよっています。

「今、薫大将さまに、浮舟の君のことをちょっとお話ししておきました。あんま

り亡き姉上のことをおっしゃるので、姉上にそっくりの妹があらわれましたので、姉上に代えてお世話くださいとお頼みしてみました。まんざらでもない御様子で、弁の尼にもそのことでは気持を伝えてあるから、よろしくとのことでしたよ。尼になんかなるより、運だめしにあの殿におさしあげなさいまし」

とおっしゃるのでした。あのお姿を目の当たりにしては、天の川を渡ってたとえ一年に一度でも七夕のようにお逢いできるだけでも、女は幸せだと思いました。わたくしとしたことが、運のつたなさから、長い間東夷ばかり見馴れて、すっかり男を見る目もなくなってしまって、あんなつまらない少将などと、うっかり可愛い娘を結婚させるところだったと、冷汗の出る思いでした。

「あのお方のお姿を拝しますと、たとえ下働きとしてでもあのようなお方のお側にお仕えさせていただけたらどんなに張合いがあるかと思います。まして若い娘なら、誰だってお慕いせずにはいられますまい。とはいっても、あまりの身分ちがいから先々取るに足らない娘に、これ以上物想いの種を蒔かせるのではと、つい心が臆してしまいます。身分ちがいの仲ではわたくしが辛い目にあっておりますので……女というものは、愛情問題で、この世ばかりかあの世まで苦しい目にあうものと思われますので、将来、すげなく捨てられてはと取越し苦労もされまして……でもそれも、すべてあなたさままかせでございます。なんの力にもなれない惨めな母に代わり、どうかどうか、よしなにお世話くださいまし」

「珍しく真面目(まじめ)で誠実な方だけれど、殿方の気持なんか、誰だって先のことまでは保証できませんわ」

と、中の君さまも、ため息をおつきになり、それ以上のお話もありませんでした。

夜が明けると、常陸介の所から迎えが来て、妹娘の婚礼の世話もせず家を出たっきりでけしからんと、夫がかんかんに怒っていると申しますので、浮舟の君のことはもうしばらく置いていただくようくれぐれもお願いして、わたくしひとり介の邸に帰ったのでした。

その帰りの車が、宮中から御退出なさった匂宮さまのお車とすれちがいましたが、まさかそれから思いもかけない大事件が起ころうなど神ならぬ身には予想もつきませんでした。

その翌日、乳母が突然、わたくしの後を追って常陸介の邸に帰ってまいり、涙ながらに話すことを聞いて、わたくしは驚き呆れて声も出ませんでした。

匂宮さまが、わたくしの帰った後、偶然、浮舟の君のかくれているのを発見なさったというのです。たまたま、中の君さまが御髪(おぐし)をお洗いになっていられたので、匂宮さまは、おひとりで退屈なさって、お邸のうちをうろうろしていらっしゃる時、わたくし共の女房をみつけて、目馴れぬ者がいると、西の対までいらっしゃったとか。

「それとも気づかず、姫君さまがぼんやりお庭を眺めていらっしゃったら、しのびよった匂宮さまがいきなり、屏風の陰から手をのばされ、姫君さまの着物の裾を捉えて襖は閉めてしまわれ、愕いてふりかえった姫君さまのお手を扇ごとお捉えになったのです。『あなたは誰か、名乗りなさい』とお責めになるので、姫君さまは困り果てました。わたくしが所用でちょっと座を外していた時の出来事です。わたくしがその場にもどりますと、もう袿姿の匂宮さまが、図々しく姫君の横に添い臥していらっしゃるではありませんか。わたくしは呆れかえるやら腹が立つやらで茫然としてしまいましたが、

『なんということをなさいます。あんまりではありませんか』

と詰めよりましても、宮さまは全く無視なさって、姫君さまに向かってひたすら、甘い言葉ばかりかけていらっしゃるのです。わたくしは力ずくでも引き離し追っぱらいたいと思いましたが、そうもならず、じっと宮さまを睨みつけながら、それ以上のことを少しでも宮さまがなさろうものなら、承知するものかと、見張っておりました。お傍にでんと坐りこみ、おそらく鬼のような顔をしていたことでしょう。宮さまはさも邪魔者だといわんばかりにわたくしを睨みかえしたり、

犬か猫でも追うように片手でしっしっと追い払ってみたり、しまいには姫君さまに気づかれぬよう、わたくしの手を思いきり抓るんです。ほんとにもう、子供みたいな人ですよ。姫君さまはもうすっかり怖がってしまい生きた心地もない有様で、死んだように身動きもせず、お顔など汗びっしょりになっていらっしゃいます。どれだけの時間がすぎたか覚えもありません。そのうち日が暮れて大輔の君の娘の右近という女房が、御格子を下ろしにこちらへやってきて、

『まあ、暗いこと、灯も持って来なかったのね、すみませんわね』

というので、わたくしは切羽つまった声を出しました。

『もし、もし、右近さん、ここで変なことがおこっていて、動くこともできません』

　右近は、何事があったのかと近づいて、暗がりに目をこらし、一部始終を見届けました。あたり一杯いい匂いがこもっているので、不埒な男が誰かすぐわかったのでしょう。

『まあ、なんてみっともない。右近だってあいた口がふさがりませんわ。北の方さまにだけはいいつけてあげましょう』

　と、聞こえよがしにいって立ち去りましたが、匂宮さまはびくともしません。

後で聞いたことですが、宮さまは日頃から色好みでそれはもう手癖が悪く、女房

たちにでも若くてちょっと美しかったり風変わりだと、片端からお手をおつけになるらしいのです。北の方さまはその点はもうあきらめきっていらっしゃるとか。ほんとに怪(け)しからぬ不都合なことです。

　そのうち右近がやってきて、宮中から、また后の宮の御容態が急に悪くおなりになったと知らせてきました。宮さまは、

『どうせ、大げさにいってわたしを脅すつもりだろう。急使は誰がまいったのか』

　などつぶやいて、一向に動きそうもありません。右近が、急使は誰それ、もうどなたも、誰も参内したと、息せききって告げるので、とうとう宮さまは残念そうに姫君の側から立ち上がられ、くどくどと、後のお約束をして去っていかれたのです。

　姫君は恐怖と恥ずかしさで死んだようになっていらっしゃいました。お可哀そうに。その夜は中の君さまが心配してお呼びになり、一応は断ったのですが断りきれず、姫君はそちらで枕を並べておやすみになりました。色々やさしくお慰めくださったそうですが、中の君さまもあれではお気の毒ですね。もうとてもあそこへは置いておけません。一刻も早くお暇をとりましょう。御恩のある方だけに、中の君さまを裏切るようなはめになっては困ります」

思いもかけなかった乳母の話に、わたくしは気も動転してしまいました。どこまで不運な星に生まれた娘でしょう。一刻も捨てておけないので、わたくしが中の君さまに見えすいた言い訳をして、物忌みだといつわり、無理に浮舟の君をつれだしてしまいました。

介の邸にも戻れませんので、わたくしが方違えなどのために、ひそかに用意しておいた三条の小さな家につれて行きました。まだ仕上がっていない家で調度など何も揃っていないのですが、ひとまずそこにかくすしかありませんでした。

事の次第を宇治の尼君にすべてかくさずお手紙で申しあげましたら、尼君も同情してくださり、薫大将さまが宇治に新築された御堂をお訪ねになった時、三条のかくれ家に浮舟の君がかくれているとお伝えになったようなのです。

薫大将さまは同情して、早速尼君にお迎えの車をつかわし、京へお呼びよせになり、心細い浮舟の君を見舞わせてくださいました。尼君は薫大将さまに仲立ちを頼まれてきたとおっしゃいました。

ところがその晩、雨をついて薫大将さまがいきなり三条のかくれ家をお訪ねになったのです。

乳母がおどろいて、わたくしに知らせようとすると、尼君が、

「そんな心配はいりません。あんまり野暮な気のきかないことはおっしゃいます

な。お若い同士、話しあったからといって、すぐに深い仲になられると決まってもいませんん。薫君さまはあきれるくらい慎み深くて生真面目で思慮深い方ですもの、姫君がその気にならないのに、乱暴な真似は決してなさる気遣いはありません」

「言う間にも雨がいっそう激しくなり、空は真っ暗になり、どうしようもないので、とにかく薫君さまをお上げしたとのことです。

そして、そのまま薫君さまはお泊まりになってしまわれたのです。

尼君も乳母もいながら、あんまり軽々しいおあつかいだとお怨みには思いましたが、浮舟の君はどこまで薄幸かわからないお身の上らしいので、義理のある匂宮さまとよりは、見るからに実のありそうな薫大将さまと結ばれたことを、ありがたいと思わねばならないのかと、自分の心をなだめました。

あれほどこのお方のお世話になれればと願っていたのに、こういう軽々しいお扱いを受けてしまうと、やはり母のわたくしの身分が低いせいで、見下げていられるのかと辛うございます。

しかもその翌日には、わたくしへの挨拶もなく、いきなり尼君ともども宇治へ連れ去っておしまいになりました。すべては乳母から知らせてまいりましたので後で納得させられるしかない有様でした。遠い道のりを、あまりな成行きに内気な浮舟の君がどんなに心細く悲しかったかと思いやっただけで、涙が出てまいります。もっとも道中の車の中では、薫君さまが道が悪く車が揺れるからと、女君をしっかり抱きつづけていてくださったとか申しますが……。

尼君からもやがてくわしいいきさつを報告した丁重なお手紙をいただき、こうなった上は、命のある限り、姫君をお守りするからと慰めていただき、いくぶん心がなだめられました。乳母も侍従も一緒に宇治へついていったので、その点だけは安心いたしました。

中の君さまにお仕えの右近からは、その後も時々連絡があり、

「匂宮さまは、急に浮舟の君が消えられたことをとても残念に思っていらっしゃる御様子で、何かにつけ、北の方さまをちくりちくり責めていらっしゃいます。北の方さまが嫉妬しておかくししたと思いこんでいらっしゃるのです。でも女のことなら、こうと思ったら必ず思いをとげずにはおかない方なので、今後も油断なさいませんように。北の方さまは、それはそれは浮舟の君さまをいとしくお思いのようで、どこにどうしていられるのかしらなど、ふっとつぶやいていらっしゃいます。先夜も、匂宮さまが六条院へお泊まりの時お伽をしていましたら、母の大輔にしみじみおっしゃいました。

『大輔は姉上さまにお仕えしたからわかるでしょう。浮舟の君が姉上さまと似て

いると思いますか。わたくしは姉上さまとはあまり似ていないでしょう。人は姉上さまは父宮似でわたくしは母似だといいます。浮舟の君は父宮に似たのでしょうね。あの人を見ると、ふとした表情に姉上さまがそこに生きかえられたように思ったものですよ』

こんなに思っていらっしゃるお方を裏切るはめにならないで、ほんとによかったですわね。その後、浮舟の君さまは、どこにいらっしゃるのでしょうか」

など尋ねてくださるのも嬉しいのですが、この人にさえ、浮舟の君の居所は秘密にしてありました。

乳母からの便りですと、薫君さまは申し分なく、暮らしむきのことや衣裳など、女房の端々にいたるまで御配慮くださるのですが、思ったほどには宇治にはお運びくださらないということです。

「もっと度々訪ねたいのだけれど、公務がとても忙しくなったのと、つまらない噂をたてられ邪魔が入るのもいやだから、もう少しがまんしてください。この遠い路はとても通いきれないので、京にあなたを迎える家を用意しています。そこへお迎えして、誰に気がねもなく、始終一緒に暮らすようにしましょう」

など、浮舟の君を慰めてくれているようですが、気の強い乳母は、どうやら、薫君さまの悠長な態度に苛々しているようで、ていますのに」

「道が遠いなど、大君さまの時には道の遠さなど物にもなさらず通われたと聞い

と腹を立てています。やはり薫君さまはお心の内では、浮舟の君を他のお二人の御姉妹に比べて見下げていらっしゃるのかもしれないと、気が揉まれます。お通い所のひとつにして、あるいは女房の一人ぐらいにしておおきになりたいのが御本心ではないかと、つまらない勘ぐりもしたくなるというものです。

そうこうするうちに、多難だったその年も終わりました。

年の始めに、宇治から、中の君さまの若君に浮舟の君からお贈りした卯槌（正月初卯の日に贈答した小さい槌。邪気をはらうまじない）が匂宮さまのお目にとまり、そこは勘のさとい匂宮さまが、浮舟の君が宇治にいるらしいと感づいてしまわれたというのです。右近が知らせてくれ、こうと知ったらきっとどこまでも追っていかれる御性分だから、要心するように、と言ってきてくれたのですが、わたくしたちにどうする手だてがありましょう。薫君さまがついていらっしゃることだし、その愛情とお力を信じ頼るしかございません。

それでも今のままでは薫君さまのかくし女で、世間をはばかりつつこっそり生きているような浮舟の君があわれでなりません。

何かしらこの人の前途には、もっと思いがけない不安な事件が待ちかまえてい

るような暗い重苦しい予感がして、気がめいってまいります。生きている間は最後までつれなかった八の宮さまの御霊（みたま）に、せめてあなたの末の姫君をお守りください、と祈らずにはいられないのです。

泣き沈んでいる浮舟の君が、ふっと流星のように、誰も気づかぬうちにはかなく消えてしまいそうな不吉な予感に脅え、不安でならないのでございます。

夢浮橋

✸

ゆめのうきはし

浮舟のかたる

長い長い間、真っ暗な光も届かない径を、たったひとりで歩きつづけていたように思います。もしかしたらあそここそは黄泉路だったのではないでしょうか。気がついた時は、まわりには背も曲がった老いおとろえた女人たちばかりがいて、その人々の髪はみんな心細いほど薄かったり、白髪だったりして、中には尼そぎの人もいて、みんな年の頃などわからないほどの老人たちばかりでした。

いったいわたくしはどこにいるのかとぼんやりして気分もまだ定かでなく、夢の中で夢を見ているようでした。

老人たちは誰もこの上なく親切でやさしく、わたくしのまわりを真綿のように取り巻き、わたくしの髪を梳り、ものを食べさせ、まるで幼い子供を扱うようにしています。中でも主人格らしい二人の尼僧は、一人が八十歳あまり、ひとりは五十歳ばかりで、母子のようでした。この二人がとりわけわたくしを大切にしてくれ、髪を梳くのも人手にはかけず、心をこめてつくしてくれています。

「少しはお心が落ち着いたようですね。目の光が人並になってきましたよ。少しはものの味もおわかりになりましたか」

五十くらいの尼がきいてくれます。

いったい自分はどうしてこんな見も知らぬ所に、顔も覚えない人々と暮らしているのかと、自分の心に問いただしても記憶は濃い霧がかかったようで、何ひとつ思い出せないのです。自分の名さえ思い出せないし、どこから来たかもわかりません。

季節は秋のようで、空の色も心にしみるように美しく、風情のある庭の樹々も次第に色づいています。門田の稲が日増しにみのり、穂を垂れています。以前住んでいた所とは全くちがう景色だと思った時、耳の底に夜も昼もひびいていた激しい川瀬の音が、いきなりよみがえってまいりました。

ああ、そうだ、わたくしはあの宇治川に思いあまって身を投げたのだった、それがどうしてこんな所に……と思いたどってみると、あの頃もう毎日毎日辛くてどうしても生きていられないと思いつづけていた切なさがふいに軀の奥からよみがえってきました。

あの夜もみんなが寝静まってから、妻戸をあけて外に出たら、夜風がはげしく吹き、川波の音も荒々しく、その恐ろしさに立ちすくんで金縛りにあったようになり、これからどうしていいかわからず、部屋に引き返す気にもなれず、もう死ぬしかないと思いつめ、簀子の端に足をおろして、

「鬼でもなんでもいいから出てきてわたくしを食い殺しておくれ」

うわ言のようにつぶやいたら、庭先の大きな樹の下からそれはきれいな男が近寄ってきて、

「さあ、いらっしゃい、わたしの所へ」

と囁いてわたくしを抱いてくれるような気がしました。ああ宮さまが抱いてくださるのだわと思ったあたりから、正気を失ったらしいのです。どこかわからない所へわたくしを坐らせておいたまま、その人は消えてしまったような気がします。

宮さまという人も誰だったか、はっきり思い出せないのです。死のうと思っていたのにこんなことになって死にもできなかったと思い、はげしく泣いたような気がするけれど……後はもう何ひとつ思い出が霞んで記憶の手がかりもないのでした。

わたくしが気力を取りもどすにつれて、尼君が色々と問いかけられるのがわず

らわしくてなりません。

「どんなにおっしゃっても、何もかくしているわけではないのです。ほんとに自分の名さえ思い出せないのです。ただ生きていられないと思いつめていました。その想いだけは今も覚えております。どうぞわたくしも尼にしてくださいまし」

　と、おすがりするだけです。

　尼君の折々の話をつぎあわせてみると、どうやらわたくしは、この尼君母子に瀕死の命を救われたようです。この二人は横川にいらっしゃる尊い僧都の母上と妹君だそうで、二人は初瀬の観音さまに何かの願のお礼参りに出かけ、その帰る途中で母の尼君が発病され、ようやっと宇治にたどりつき、そこで宿ったものの、一向によくならないので、横川から僧都が駆けつけ加持祈禱をされたといいます。

　尼君が幸い持ち直された時、近くの宇治院の奥庭の暗い木立の中で、一人の若い女が木の根にうち伏し、長い髪を乱したまま、はげしく泣いていたとか。狐か性悪の木霊の鬼が化けたものだろうと、人々が気味悪がるのを、僧都だけが、

「これは正真正銘の人間の若い女です。ひどく衰弱していて、今にも死にそうになっている。なんとか介抱して薬湯など与えてやりなさい」

　と、おっしゃったのだとか。縁起が悪いという人々も多かったのに、僧都のお慈悲で女は手厚い介抱を受け、加持をしてもらい、次第に命の危機は脱したとい

うのでした。

「わたくしに一人、娘が居りまして、結婚して幸福に暮らしていた矢先、ふとした病ではかなくなってしまいました。あんまり悲しくて出家して、その娘の冥福を祈っているのです。初瀬の観音さまのお告げの夢で、娘のような人を授かるといわれました。その帰り道で、あなたにめぐりあったのです。ああ、あの夢は正夢だったのかとありがたく思って、娘が生き返ったような気持であなたをお世話しているのですよ。あなたは、はじめて正気づいた時、ようやっと、『命をとりとめても生きる甲斐のない者です。夜の間にこの川に投げいれてしまってください。誰にも見られないように』

など、恐ろしいことをうわ言におっしゃって、そのまままた、意識を失ってしまわれたのです。その後、母の尼君もしだいによくなられたので、この叡山の麓の小野の里の庵に帰ってきたのです。あなたはここへ来てもまだしばらく、目を離せない危険な状態がつづいていました。ようやっと秋風が立ちそめてから快方に向かわれたのですよ」

そんな話を尼君から聞かされるうち、おぼろな記憶の底から、きれぎれに浮かんでくるものがありました。

月の明るい夜などは、年老いた尼たちはさすがに浮き浮きして、琴や琵琶をとりだして弾いたり、歌を詠んだりしています。わたくしは昔から不運の身で芸事などしこまれる閑もなかったことを思いだし、やはり不幸せな取柄もない身分だったと嘆かれるのでした。そういえば、わたくしに琴や琵琶を弾いてくれ、そのうちあなたにも教えてあげましょうといってくれた男君の俤がぼんやり浮かんでまいります。

　身を投げし涙の川のはやき瀬を
　　しがらみかけてたれかとどめし

と手習に書きつけながら、いっそあのまま死なせておいてくれたらと、助けてくれた方々をうらめしくさえ思うのでした。だんだん記憶がよみがえるにつれ、こうして今も生きているわたくしのことを宇治や都のゆかりの人々は誰も知らないだろうと思うと、胸がいっぱいになってきます。

　死を望んだ原因の男君たちのことも次第に思い出されてきましたが、その方たちのことより、今は何も深いわけを知らなかった母や乳母の嘆きが思いやられて切のうございます。何もかも事情を知っていた右近や侍従という女房たちのことも次第に思い出されてくるのでした。

　あの夜は夜更けてからも、宇治の館では灯を明るくして女房たちが部屋いっぱいに縫い物をひろげていました。甲斐甲斐しく女房たちが裁ったり縫ったり、女童が糸を繰ったりする中で、わたくしひとり腕を枕にして、ぼんやり物想いにふけっていました。

　明日は京の母君のほうから迎えが来て、石山寺へお籠もりに行くことになっていたので、女房たちはその支度に大忙しだったのです。せっかちな乳母が急に思いたった計画で、男君を待つだけのわたくしの立場に安心しきれないものがあったからなのでしょう。

　みんなで裁ち縫いしながら、乳母の悪口やら、中の君さまのお幸せな御様子などとりとめなくお喋りしていた間に眠くなったと見え、それぞれ寝につきました。

　それからほどなくです。ほとほとと戸を叩く音がしてわたくしの足許に寝ていた女房の右近が眠そうにして起き上がっていきました。

「まあ、どうしましょう。薫大将さまが突然いらして、急なおしのびなのでお供も少なく、道中、盗賊にあわれて大変危ない目にお遭いになったのですって。みっともないので灯をつけるなとおっしゃるのよ」

　といいながら、灯をすっかり暗くして、お引き入れしたようです。

　わたくしもそのお声やしわぶきを聞いていたのですが、いつもよりお声が小さいと思っただけで、なんの疑いも持ちませんでした。いつもよりは忙しく入っていらっしゃるなり、わたくしの側ですぐ着ているものをお脱ぎ捨てになり、間近く身を寄せてこられました。

はっとその人が薫君さまでないと気づいたのは、もうどうしようもなくなった時でした。最初、愛撫がいつもより性急で荒々しいと感じたのは、道中の危険な経験で心が高ぶっていらっしゃるのだろうとお察ししていたのです。やがて、いつもとはちがうなさりかたで、くまもなくわたくしのあらゆるところをお探りになるので、恥ずかしくて身をよじりましたら、

「まだそんな他人行儀になさるのですか。あの二条の邸の西の対の西廂の間でつれなく扱われて以来、一日も忘れず、どんなに恋い慕っていたでしょう。どれほど探しまわったことか。ようやっと祈りの甲斐があってこうして逢えたのだもの、よくよくの前世の因縁なのですよ。もう決して放すものか。ああ、なんて可愛いのか、気が狂いそうだ、みんな食べてしまいたい」

決して薫君さまならお口にしないような情熱的なことばを浴びせかける間も、唇をわたくしの肌から離そうとはなさらないのです。

扶けを呼ぼうとすると、いち早く甘い熱い接吻で息も止まりそうになるまで唇をふさいでおしまいになります。そのうちお扱いは限りなくおやさしくなり、絶え間なく繰り返す愛撫に、わたくしの身も心も淡雪が陽に当たったようにとかさ

れきってしまい、気がついた時はわたくしのほうから、松にからまった蔦のように、しっかりと宮さまに抱きついていたのでした。思いがけないこの状態で、中の君さまを思い、薫君さまを恐れ、ただ泣き沈むばかりでした。

匂宮さまも、これから片時も別れていてはこがれ死にしそうだと、お泣きになるのです。

こんな長くて短い密度の濃い夜を、わたくしはそれまで経験したことがありませんでした。

夜は容赦なく明けていき、お供の人々のうながす咳払いなど聞こえてきます。右近がお部屋の外へお迎えにきますと、匂宮さまは、

「無分別と思うだろうが、とても今日は帰る気がしない。こんな可愛い人を残して京へ帰ることができようか。このまま別れていっては、なかなか来られない身の上だし、別れていては恋い死にしてしまう。命あっての物種だ。従者たちはこの近くの家にひそませて、時方だけ京へもどり、山寺で参籠とでも報告してごまかしておくように」

と、きっぱりお命じになります。右近は自分の不注意でまちがえてお引き入れした責任を感じて、とんでもない結果に困り果てています。

今日はとにかくお引取りをと泣くようにお願いしても、

「わたしはずっとこの人に恋いこがれて馬鹿になってしまっている。世間なんてどうだっていいのだ。少しでも思慮や分別が残っていたら、わたしの身分でこんな危ない遠出などできるものか。そなたは何も考えないで、ただなんとか今日一日、誰にも感づかれないように算段しなさい。そなたには恩にきているから決して悪いようにはしない」

など、勝手なことをおっしゃるのです。その間もわたくしが消え果てでもしそうに要心して、しっかりと抱きかかえこんでいらっしゃいます。

右近は仕方なく、他の女房たちには薫君さまが昨夜おそく途中で賊におそわれていらっしゃったとごまかし、簾をすべて引きおろし、「物忌」と書いた紙をべたべたと張りつけて、誰も中へはよせつけません。

昼頃、予定通り迎えに来た母上の使いの者には、わたくしが昨晩から月の障りになって参詣がかなわず残念だと、嘘をついてごまかしてしまいました。弁の尼君にも物忌みで物詣では中止したと告げたようでした。

いつもは時間を持てあまして、することもなく霞のたちこめる山際をぼんやり眺めて長い一日を暮らすのに、今日は日暮れになるのをはらはら気にしていらっしゃるお方の側にいるので、いっしょに心がせかれて、またたくまに一日が過ぎていきます。

薫君さまは御立派で謹厳で堅苦しいところがあり、まだ遠慮がとれないのに、匂宮さまはたった二日の間になぜかあらゆる遠慮が消えはてて、こまやかなおやさしさに、全身がほとびてしまったような気持で、慕わしくおなつかしく感じられます。

宮さまは硯(すずり)を引きよせ、すらすらと絵をお描きになり、

「なかなか逢えない時は、この絵を見てくださいよ」

おっしゃるお手許に、若い男女が睦(むつ)まじく添い寝をしている絵がいきいきと描かれているのでした。男は宮さまに、女はわたくしにどことなく似ています。

「いつもこうしていたいね」

耳に口を寄せて囁かれると、なんだか嬉(うれ)しいのか悲しいのかわからない涙が、あふれこぼれてなりません。

その日も一日飽きもせず睦みあい暮らしました。その間に、薫君さまとのことをそれとなく聞きだそうとなさるので、わたくしはそれだけはお返事をさけるのでした。

仕方がなかったとはいえ、あの誠実な薫君さまを裏切ってこんなことをしていられる立場でもないのに、わたくしは匂宮さまのこまやかな愛撫と愛語に魂も酔いしれたのか、宮さまにおすがりしている時は、世の中に何も怖いものがないよ

うなふてぶてしい気になっているのでした。わが心ながら、なんということかとあきれはててしまいます。匂宮さまはわたくしの軀じゅうの紐(ひも)から心の紐まで解き放ってわたくしを限りもなく自由にしてくださいます。わたくしは思わず笑い声をあげたりして、はっと気がつき、これが自分かとおどろき呆(あき)れるのでした。

　薫君さまとの時間は、自分が愚かに見えないよう、はしたない動作をしないよう、気を張っているので疲れます。それにあのお方は心の底にはまだ大君(おおいぎみ)さまの俤を抱きしめていて、わたくしの中に大君さまを需(もと)めていらっしゃるのが、いくら鈍いわたくしにだって肌でわかりますので、形代(かたしろ)という感じがして、どこかむなしいのでした。

　匂宮さまは中宮さまや夕霧右大臣(ゆうぎりのうだいじん)さまが、軽率なおしのび歩きにたいそう御立腹だという報告をお受けになりました。

「ああ、もうつくづく不自由な身分が呪わしい。二言めには皇位につくかもしれない身分なのにと注意される。皇位なんて犬にでもやればいいのだ。それにしても薫大将がこのことを知ったらどんなに立腹するだろう。心ならずも長年の親友を裏切ってわたしも辛い。あちらは自分があなたに淋(さび)しい想いをさせていたことは棚にあげて、やっぱりあなたの不実をなじるでしょう。逆恨みされるのが落ちだから、決してこの秘密のばれないように気をつけなさい。そのうちこっそり京へ呼びよせて、気がねのないようにしてあげます」

と、誓ってくださるのも涙の種になります。

次の朝はもうこれ以上の御逗留は無理なので、泣く泣くお別れいたしました。いよいよとなってもなかなか御出発にならず、

「世に知らずまどふべきかなさきに立つ

　涙も道をかきくらしつつ」

と、おっしゃるので、わたくしも涙の中から、

「涙をもほどなき袖にせきかねて

　いかにわかれをとどむべき身ぞ」

と、申しあげました。薫君さまを京へ見送る時よりも、はるかに切なく淋しいのはどうしたわけでしょう。

京からは宮さまのお手紙が毎日届けられるようになりました。薫君さまのお使いとかち合わぬかと、右近などははらはらしています。

月が変わり、除目も終わって予定通り薫君さまが久々にいらっしゃいました。

わたくしは空まで自分を見とがめているようで恐ろしく、お目も見られないで身もすくみ、お顔も仰げないのです。それでいて心の中では、あのひたむきな情熱的な目もくらむ匂宮さまの愛撫が思い出され、全身がうずくのはどうしたこと

でしょう。匂宮さまは、

「もうこれまでのどの女(ひと)も、みんなあなたひとりのために忘れてしまいそうな気がする」

とおっしゃったお言葉通り、京に帰られてからは御気分がお悪いといって、どのお方ともお逢いにならず御修法(みずほう)などしていらっしゃるという噂(うわさ)が伝わってきます。

　匂宮さまが本気で愛してくださったのだと思うにつけ、目の前の薫君さまの愛をこれまで通り受けるのが辛く、かといって、あんな理不尽な裏切りをはっきり知られるのも空恐ろしく、また一方、今夜、薫君さまと逢ったなど匂宮さまのお耳に入ったら、どうお思いになるだろうかと、ただもう心が千々に砕けて、自分でも頭がぼんやりしてしまうのでした。

　なかなか来られない言い訳など品よくなさる薫君さまは、優雅で気品高く、申し分なく御立派なのです。恋の情熱はともかくとして、末長く頼りにするにはこのお方がずっと頼もしいと心の底から思われます。このお方に事実を知られ愛想をつかされるのも心細く、どうしていいかわかりません。

　そんなわたくしのいつにないおどおどした様子を、薫君さまは少し逢わない間に恋の情がわかってきてすねているのだと勘ちがいして、お喜びになるのも辛いことでした。

「建てさせていた三条のあなたの家が、もうすぐ出来上がります。春にはそこへ移りましょう、もっとよく逢えますから」

そういってくださるにつけ、昨日、匂宮さまも、静かなかくれ家が見つかった、早く迎えたいと、喜んで報せてくださったのが思いあわされます。匂宮さまに心を移すなどとんでもないことなのに、こうして薫君さまとお逢いして抱かれ、肌を合わせている間さえ、この間の匂宮さまの情熱的な愛撫や俤がたえず瞼に浮かぶのは、なんという罪深い女なのでしょう。女の心の中には何匹の鬼が棲みついているのでしょうか。

薫君さまはわたくしがいつになくうちしおれてよく泣くので、誰かが何か中傷でもしたのかと慰めてくださるのです。

それでも翌朝は早々と宇治を後になさる、理性は失わないお方なのでした。

二月十日すぎ、雪のひどく降りつもった夜更け、匂宮さまが積雪をおかしてお越しになりました。いらっしゃるとは前触れはあったものの、まさかこの大雪ではと思っていたので、ただもう驚いてお迎えいたしました。お供の人々も指貫の裾など引きあげ、宮さまも雪にしとどにお濡れになってお着きになったお姿は、もったいなく、そのお志の深さに、人目がなければ取りすがりたい想いでした。

右近はひとりでは心細いので、気の許せる若い侍従という女房にわけを打ち明け、

「困りきっているのです。わたしと一緒に心を合わせて、なんとかまわりにこのことをかくしてください」

と、仲間にひきいれたようです。

雪に濡れたお召物の香りがあたりいっぱい匂うのを、薫君さまの匂いのようにまぎらわして閨にお入れしました。冷えきった宮さまのお肌をわたくしは自分の体温で一刻も早くあたためようと、前から後ろからしがみついて濡れ紙のようにぴったりはりついていきました。匂宮さまはここでは女房の目も危ないので、わたくしを何とかして外へ連れ出そうと計画していられて、川向こうのどこかに、時方に命じてその用意をおさせになっていらっしゃいました。時方は元服間もない若い家来ですが、しっかり者で忠義一途で、匂宮さまが一番気を許していらっしゃいます。夜更けて時方が、

「万事整いました」

と御報告に来ると、匂宮さまはくわしい説明もなく、いきなりわたくしを抱きかかえて外へお出になったのでした。右近はあきれて度を失い、わなわな震えているばかりです。それでもとっさに侍従にわたくしたちの後を追わせ、自分は留

守をつくろうため残りました。

岸の小舟に乗せられ、棹(さお)さして川を渡ります。小舟の揺れも心細く、宮さまのお胸にしっかりととりすがって抱かれております。

有明の月が澄み昇って、水の面は金色にそまり、船頭が棹をとめながら、

「これが橘(たちばな)の小島と申します」

と教えます。大きな岩のような形の島にしゃれた常盤木(ときわぎ)が茂っています。

「あれを御覧なさい。なんということもない木だけれど、千年も変わりそうにない緑の深さです。

　年経(ふ)ともかはらむものかたちばなの
　　小島のさきに契るこころは」

と詠まれたので、わたくしも、朝夕見馴(みな)れた川なのに遠い旅路にいるような気がして、

「たちばなの小島の色はかはらじを
　　このうき舟ぞゆくへ知られぬ」

と、お答えしました。宮さまはだまって、わたくしの軀を折れるかと思うほどひしひしと抱きしめてくださるのでした。わたくしはこの舟がこのままあの世に流れついてくれないかと不埒(ふらち)なことを考えていました。

向こう岸に舟がついても、宮さまはわたくしをしっかりと抱きかかえたまま、供の者に助けられて、その家へ入りました。あまりのなさりように、従者たちが呆れて顔を見合わせているのが恥ずかしくてなりません。

その家はごく手軽に建てた粗末な家でしたが、誰に気がねもないのが何よりです。わたくしは宮さまに表着を脱がされてしまい、萎えてやわらかくなった白衣だけを重ねてしどけない姿のままくつろいでおりました。宮さまと御一緒だと、どんなはしたないこともしどけないこともきまりが悪くなくなるのはどうしたわけでしょう。侍従も若くて美しいので、宮さまはお気に入ったらしく、

「そなたはなんという名前、わたしのことを他言してはならないよ」

などとやさしく口止めしていらっしゃいます。こんな思いきってしどけない姿で昼日中から、宮さまと戯れているのを侍従に見られるのも恥ずかしいのですが、それさえ忘れてしまうほど激しく愛してくださるのでした。愛戯の合間には、薫君さまとはどんな愛し方をなさるのかなど、ひどいことをお訊きになって、わたくしが涙を流すとあわてて涙を吸いとり、いっそう激しい愛撫に移っていくのでした。

時方が手ずからお手水や果物など運んでくれます。侍従はすっかり時方が気にいって、そちらはそちらで睦まじく語りあっていた様子でした。

京へは御物忌みで二日お帰りにならないといってあるので、次の日も終日、時を忘れて睦みあいました。女心をとろかすようなお言葉はお得意な上、何もかも忘れきってただ一途に愛してくださる情熱が激しく、わたくしもこの世の外に連れだされたような気持になって、恐ろしいほど薫君さまのことも忘れはてているのでした。あの時のわたくしは人間ではなくなっていたのです。匂宮さまの呪いにかけられ、はてしもなく貪欲な愛をむさぼる獣になり果てていたのでした。

「あなたは薫大将が来られても、こんなしどけない姿になってこういうふうに甘えまつわっていられるのですか」

などおっしゃって、わたくしを泣かせておしまいになるのでした。

居なくなったわたくしをどんなに探したか、大内記道定という者からわたくしが薫君さまに、宇治にかこわれていると聞きだした時はどんなに嬉しかったか、などとも打ち明けてくださいました。道定は薫君さまの家司の婿だったので、手を廻して宇治の邸の間取り図まで手に入れたというのです。だからこそあの夜、誰にも見とがめられず、まっ直ぐ、わたくしの間近くまで進むことができたのでした。

右近が気をきかせて新しい着物を届けてくれたので、二日めは少しはおしゃれもして濃紫の衣に紅梅の織物など重ね、乱れた髪もきれいに梳らせました。

はた目にもさぞ見苦しいと思われたでしょうが、二日めも終日睦み戯れて過ごしました。

お互いの心がいよいよ愛しさを深め、互いにぬきさしならない愛情にからみあっていくのがわかります。

宮さまはもう今後は薫君さまに逢わないでほしいとおっしゃるのですが、そんなことがどうしてできましょう。

あんまり無理なことをいわれて泣いてしまうばかりです。泣いたり、笑ったり、よくもまあこんなに他愛なく自分の心がさらけ出せるものよと、不思議でならないのです。

薫君さまとの時は、いつも緊張してしくじりのないようにと気をつけているので、くつろぐということはありません。その夜も語り明かして、宮さまは無理な誓いをさせたり、怨んでみせたりなさり、限りもなく愛しあいました。

次の朝は、まだ夜の暗いうちに舟で帰りました。今度も舟の中でしっかりと抱いていてくださいます。

「あなたの大切な人だって、こうまでやさしくはなさらないでしょう」

といわれて、思わずうなずいてしまうのも、われながら愚かな、なんという浅ましい女心でしょう。

ああもう、あれからのことは悪夢のようで、思い出しただけでも頭が割れそうになります。

母などは何も知らず、薫君さまにいよいよ京へ迎えられると喜び、女房など次々見つけては宇治へ送ってきたり、着物の支度をしたりしてくれています。

薫君さまはわたくしを京へ移す日を四月の十日と決められ、そのように伝えてこられました。口うるさい乳母は、匂宮さまとのことのあった頃、京の娘の病を見舞い、長く宇治を留守にしていて、何も気づいていないのがせめてものことでした。薫君さまにいよいよ引き取られるわたくしの立場を心から喜び有頂天になって、いそいそ支度に身をいれているのもあわれでなりません。

匂宮さまは薫君さまの御用意をすべて調べあげていて、そうなる前に、わたくしをどうしても迎えとりたいとあせられて、こちらもやはりその日取りまで決めていらっしゃるのです。

わたくしは女として初めて契った薫君さまに、心ならずもこんな裏切りをしてしまったことが身を切られるように辛くすまなく、この方こそ頼れる人と思っているのに、ちょっとまどろむ夢の中まで、この頃では匂宮さまのなつかしい俤を見てしまうのです。

昔から、ふたりの男に恋されて思いあまり、淵(ふち)に身を投げた女の話も数々伝わっております。

そうこうするうちに、お二人のお手紙を運んでくる使者たちがかちあうようなことがあって、そんなことから、薫君さまが手を廻し調べられて、どうやら匂宮さまとのことが勘づかれてしまいました。

それとなく嫌味なあてこすりのお歌が届きました。

「波こゆるころとも知らず末の松
　待つらむとのみ思ひけるかな
わたしを人の笑いものにしないでくださるよう」

ああ、とうとうと思うにつけ、胸もつぶれるような気持でしたが、

「宛先がちがっているのではないでしょうか。ずっと気分がすぐれませんので、お便りもできませせず」

とだけ書いて、その手紙は返してしまいました。われながら、ずいぶん如才なく言い逃れることよと思い、いっそう自己嫌悪に落ちこんでしまうのでした。

事情を知っている右近と侍従だけは、わたくしの悩みを察してくれていて、あれこれ慰めてくれます。右近は二人の男を愛して、男どもも三人とも身を亡ぼしてしまった自分の姉の例など引き、言うのです。

「こんな色恋の三角関係というものは、身分の高下に拘らず世の中にはよくある

例でございます。それで思い悩まれるのは不吉なことです。早くどちらかにお心をお決めなさいまし。それにしても匂宮さまのほうになびかれると、あれほど喜んでお支度している母君さまや、乳母がどんなに悲しむかとお気の毒で」

侍従は、もう頭から匂宮さまのひいきなので、

「まあ、縁起でもない話ばかりなさらないでください。お心が少しでも傾くほうにこういうことは正直にお決めになるにこしたことはありません。匂宮さまは、もったいないほどの御執心ですし、今では姫君さまもそのお気持にすっかりほだされていらっしゃるのですもの。しばらくは身をかくしても、御自分のお気持のまさっているほうにお決めになるべきですわ」

と、言葉を強めます。右近は、薫君さまの荘園のこの辺りの乱暴者たちが、この頃急に警備を厳しくして、宿直人（とのいびと）として代わる代わる詰めていて、

「薫大将さまの命令だから、怪しい者がしのびよったら、かまわず斬って捨てよ」

など、声高にわめいていると告げます。

「匂宮さまがこの前のようにお供もほとんどお連れにならずしのんでいらっしゃって、万一のことが起こればどうなさいます」

と、もっともな心配をしているのです。

そんな話を聞くにつけ、ふたりともわたくしの心が匂宮さまに傾いていると思い決めているようなのが辛くてなりません。わたくしの真実の心は、どちらとも決めかねているからこそ身も世もなく悲しいのです。心では薫君さまへ貞節をつくすべきだと思い決め、匂宮さまとの事はあくまで自分の許しがたい過ちと思っているのに、軀が匂宮さまを忘れられないという浅ましさに、人にもいえない苦しみに悩んでいるのです。どちらのお心も傷つけたくなく、どちらの誇りも傷つけず、事態をおだやかに収めるにはどうすればいいのか、考えこむほど霧の中に迷いこむようで、なんの判断も浮かんではきません。やはり昔の女のように、わたくしひとりが身を亡きものにするしか方策はないのかと、次第に心がそちらへなだれこんでいくのでした。

その頃からひそかに匂宮さまのお手紙など、女房たちにも気づかれぬよう、焼いたり、流したりして身の始末をつけはじめました。選(え)りぬいた美しい紙にこまごまと書かれた愛のことばのどんな端々も、どうして忘れられましょう。手紙は焼いても、その文章はすべてわたくしの心の襞(ひだ)にしっかりと縫いつけられているのです。

そんなところへ、匂宮さまから、用意していた家の主が、三月の二十八日に任(にん)国(ごく)へ下ることになったので、その日そちらへ迎えにいくからそのつもりでというお手紙がまいりました。どうしてそんなことができようかと思うと、ただもう悲しく、そのお手紙を顔に押しあて泣きむせぶばかりでした。

　お返事もさしあげないので、とうとう宮さまが心配のあまり、お身をやつしてわずかなお供だけで、馬で山越えしてはるばる訪ねて来てくださいました。わずかの間に信じられないほど厳しくなっていた警備の荒くれ者たちに追い払われ、邸の近くにさえ寄られません。

　ひそかに侍従に連絡がつき、侍従がこっそり抜けだし、警護の網をくぐって匂宮さまにお逢いしてきてくれました。卑しい山賤（やまがつ）の家の垣根のかげで、地面に敷物を敷き、そこに坐っておいでだった匂宮さまのおいたわしい御様子など、泣きながら侍従が話してくれるにつけ、わたくしはお気の毒で腸（はらわた）もちぎれるばかりでした。野犬の恐ろしい声があたりに迫って、おちおちお話しもできなかったと申します。宮さまはお気の毒なほど泣かれて、

「ここへ来るまでにずいぶん無理をしてきたのに、一目さえ逢えないで、すごすご帰っていかねばならないのか」

　と、恨めしそうに嘆かれたといいます。

　そんな報告を聞きながら、わたくしは涙で枕が浮くほど泣き沈んでいるのでした。

　一睡もできず泣き明かした翌日、いつか匂宮さまが描いてくださったふたりの絵をひそかに取り出して見ると、その時の宮さまの手つきや、お顔の光るような美しさなどがありありと思い出されて、一言のお言葉もかわせなかった昨夜のことがせつなくてなりません。どんな想いで暗い悲しい山路を越えていかれたことでしょう。わたくしなどを愛してくださったばかりにおいたわしいと、思う一方から、もし自分が死んだ後で、薫君さまがわたくしの不倫のすべてをお耳にされたら、どんなに苦しまれるだろうと、それもおいたわしくて気も狂いそうになるのでした。

　なげきわび身をば棄(す)つとも亡き影に
　　うき名流さむことをこそ思へ

　もう死ぬより外はないと思い定められてきます。そんな折も折、京から母の手紙がきて、夢見がたいそう悪かったので案じている、近くの寺で御誦経(みずきょう)でもするようにと、布施の品々まで送ってきました。

　読経(どきょう)の鐘の音を聞きながら、

　鐘の音(おと)の絶ゆるひびきに音(ね)をそへて
　　わが世つきぬと君に伝へよ

　母への訣(わか)れの歌を書き、木の枝にそれとなく結びつけておきました。

思い出すにつれて、あの頃の悲しさが前世のことのようにきれぎれに浮かんでくるのでした。

夢うつつで寝床を抜けだした真夜中、外は風がはげしく吹きすさび、川瀬の音が荒々しくとどろいていました。

あれこれ昔のことを思い出すと眠れない夜もつづきます。あの人たちはわたくしをすでにこの世にない者とあきらめて、時には思い出してくださっているのでしょうか。男君たちはともかくとして、母や乳母の嘆きを思うとたまらなくなります。

あれほど心を乱された匂宮さまへの想いが、この頃では薄れているように思われます。すべてはあのお方を少しでも恋しいと思った自分の不心得から起こった不幸だと思うと、あの宇治川を渡る舟の中で、橘の小島を見ながら宮さまに抱かれていた時、どうしてああも幸せに思ったのかと、不思議な気さえしてきます。それにつけても、いつも淡々とおだやかな誠実さで愛してくださった薫君さまに相すまなく、一度でもおわびしたいなつかしさが湧くのも、なんという心の動きなのでしょうか。

やはり、わたくしはこの世では女として生きてはいられない運命だと思われてきました。今更死ぬこともできず、出家するより道はないのだと思うと、ほっと心に灯がともったような安らぎを覚えたのです。

親切すぎてうるさい尼君たちが、物詣でにいって留守の間に、思いがけず、横川の僧都が宮中のどなたかの物の怪を払う御祈禱のため山を下りられて、こちらの庵へお訪ねになりました。御親切にわたくしの部屋の外へ見舞ってくださいましたので、この時を外してはと、お願いいたしました。

「どうか一度お救いくださいました御縁に免じて、わたくしを出家させてくださいまし。どうしても生きていけない過去もあり、これからも世間並の女としては暮らしていけそうもありません。ぜひにも……」

泣きながらお願いしました。僧都はあれこれ思いとどまるよう言ってくださいましたが、わたくしの決心が固いことを見抜かれると、案外思いきりよく、願いをききとどけてくださったのです。

「そこまで思いつめていらっしゃるなら、それも仏縁でしょう。御所に上がって七日間の御修法の後、帰りに立ち寄って得度させてしんぜましょう」

とおっしゃるので、その間に万一、尼君たちが初瀬から帰れば事面倒と思い、

「どうか、ぜひ、今日、只今」

としつこくお願いしましたら、僧都もそこまで言うならと、聞き入れてくださ

ったのです。わたくしはもう、天にも上る心地がして、お気の変わらないうちにと急いで鋏(はさみ)をとりだし、櫛(くし)の箱の蓋に入れてさしだしました。

僧都は、大徳(だいとこ)たちをお呼び入れになり、

「この方の御髪(おぐし)をおろしてさしあげなさい」

と、おっしゃいました。おふたりの阿闍梨(あざり)は、一年前、わたくしを宇治の川辺で発見し、扶(たす)けてくださった方たちだったというのも、不思議な因縁でございましょう。

几帳(きちょう)の帷子(かたびら)のすきまから、わたくしは自分の長い髪をかきよせて、几帳の外の阿闍梨のほうへさしだしました。一度では掌(て)にあまる多い髪をかき出しかき出しいたしますと、さすがに人にもいつもほめられた美しい自分の髪がほんの少しいとしくなって、胸が切なくなったのを、あわててもみ消しました。

「こんな美しいもったいない御髪では、鋏もためらいます」

ごくひくい声でしたが、阿闍梨のひとりごとが几帳越しに聞きとれたのは耳の迷いだったでしょうか。

ほんの少しだけ鋏をお入れになり、額髪は僧都が御自身で切ってくださいました。髪は鋏の刃の下でぎちぎちと抵抗し、油ですべって切られまいとしているようです。

得度式の間に、

「親御のおられる方を礼拝なさい」

といわれましたが、どの方角に母君がいらっしゃるのやらわからず、この期に及んで胸がせまりました。僧都の口うつしで、

「流転(るてん)三界中(さんがいちゅう)、恩愛(おんない)不能断(ふのうだん)」

と唱える時も、自分はとうに、恩愛の情は断っているのにと、しみじみ思うのでした。

額髪をそぐ時も、

「後悔なさいますなよ」

僧都はやさしくおっしゃってくださいましたが、どうして後悔などあり得ましょう。ああこれでやっと、薫君さまに対する不貞の罪も許していただけるかと、心にほっと涼しい風が入ってきたのでした。

僧都の一行がお立ち去りになった後にも、しみじみ本懐のとげられた嬉しさがこみあげ、これでようやく、この世に生きのびさせていただくことができ、もう思いわずらうこともなくなったのだと、身も心も晴れ晴れと軽くなってまいりました。身も心も捧(ささ)げてみ仏に帰依(きえ)させていただいた以上、これからはすべてをみ仏におまかせすれば思い悩むことはなくなるのだと、僧都がしみじみおさとしく

ださいました。

亡きものに身をも人をも思ひつつ
　棄ててし世をぞさらに棄てつる

限りぞと思ひなりにし世の中を
　かへすがへすもそむきぬるかな

と手習の筆に書く時、しみじみとした思いが胸にひろがってまいります。死のうとして死にきれなかったわたくしが、ようやく今、生きながら彼岸に渡していただけたのです。あの川音激しい宇治川こそが、この世とあの世のへだての煩悩の川だったのでしょうか。

初瀬から帰った尼君は、案の定、嘆き悲しんで、どうしてこんなことをと伏しまろび、身をよじって泣いてくださるのでした。母がわたくしの死を聞いた時も、こうも悲しんだだろうかと、さすがに涙がこみあげてまいりました。

ある日、大尼君の孫で、紀伊守（きのかみ）だった人が小野の庵へ訪ねてきました。三十ぐらいの男ですが、大尼君がすっかりほうけているので、こちらの尼君のほうへやってきて、色々世間話をしています。そのうち、常陸介（ひたちのすけ）の北の方などという言葉が耳に入ってきたので、わたくしははっとして聞き耳をたてました。

「ええ、常陸介の北の方をまだお訪ねもしないでいます。上京してきて、何かと公の御用で忙しいものですから、つい昨日も、実は薫右大将のお供で宇治へ行ってきたばかりなのです。

右大将は故八の宮のお住まいだったところに行かれて終日いらっしゃいました。殿は故八の宮の姫君にお通いだったらしく、お一方は先年亡くなられ、その御妹の方をまた内々お世話なさっていらっしゃったら、去年の春、その方も急死なさったそうです。よほどお心の残るお方と見え、川辺に近い所で、早い流れをじっと見下ろされ、お気の毒なほど泣いていらっしゃいました。柱に書きつけられたお歌を後でそっと拝しましたら、

見し人は影もとまらぬ水の上に
　落ちそふなみだいとどせきあへず

と、ありました。若いお方の一周忌の御法要をあそばされるので、あの宇治の寺の律師に何かとその日の御用命をしていらっしゃいました。拙者もその布施のための女装束一揃いを調製するよう命じられました。それをこちらで縫っていただけないでしょうか。織物などの調達は当方で致しますので」

というのを聞いて、わたくしは胸がとどろくほどゆさぶられました。みんなに怪しまれないよう、つとめて奥の方を向いてさりげなく坐っていました。何も知らない紀伊守は、それからしばらく薫君さまの御立派さや、匂宮さまのお噂など

まくしたてて引きあげていったのです。

ああ、まだ薫君さまはわたくしのことをお忘れではないのだと思うにつけ、母君はどんなふうにしていらっしゃるかと切なくなってまいります。

紀伊守が置いていった布を尼君たちが染めたり、裁ち縫いなどしているのを見るにつけ、なんとも言いようのない不思議な気持がしてきます。どこの世界に自分の法事の布施の衣裳を、この目で見る怪しいことなどあるものでしょうか。

尼君は、

「あなたも手伝ってくださいな、お裁縫がお上手なのですから」

など言い、小袿の単を渡されたりします。どうしても気が進まないので、気分が悪いからと、手も触れず伏せってしまいました。

「どういうふうに御気分が悪いのですか」

と、仕立物はそっちのけに尼君が顔を覗きこみます。この人は亡くなった自分の娘の身代わりのようにわたくしを可愛がってくれるのはありがたいのですが、わたくしが何も過去を打ち明けないのを水臭いと思い、ことごとに秘密主義だと嫌味を言うのがうるさくてなりません。その上、亡くなった娘の夫だった中将がわたくしに目をつけ、うるさく言いよってくるのを取りもつようにするのでいっそうたまらないのです。出家してしまった一因にそのこともありました。中将は尼になったわたくしにまだ未練がましく言いよるので、ほんとうにたまらなくなります。もっと素直に尼君の愛情に応えるよう振る舞えばいいのでしょうが、それができないのもわたくしの融通のきかない性質なのです。

三月になって、薫君さまが、宇治でわたくしの一周忌の法要を立派にしてくださったとの噂も伝わってきました。

いつのまにか小野の庵のあたりの山の青葉が深々と茂り、夏を迎えました。夜の山に向かっていても心のまぎれることもなく、遣水（やりみず）にはかなく光る蛍だけが昔を思い出すよすがになり、ぼんやり眺めていました。

ふと、向こうの谷の方から前駆（さき）の声が聞こえ、おびただしい松明（たいまつ）の光が谷あいの道を揺れ動きながら下りてきます。尼君たちも見とがめ端近（はしぢか）に出てきて、

「どなたがお通りなのでしょう。前駆の人の多いこと。昼間、横川に引干（ひきぼし）（海藻などを乾（ほ）したもの）をお届けしたお返事に、丁度、今、大将殿がこちらへいらっしゃって、急に御接待の支度をしなければならない時だったので、引干をお料理に使えて好都合ですとありましたから、その方たちの御一行が今、お帰りになるのでしょうか」

「その大将殿というのは、帝（みかど）の女二（おんなに）の宮（みや）の婿君のことかしら」

などぶつぶつ話しあっています。たしかにそれは薫君さまの御一行かもしれま

せん。近づくにつれ、あの方が山路を越えて宇治へ通っていらっしゃった頃の、たしかに聞き覚えのある随身の声が、耳に聞きわけられるではありませんか。月日が過ぎていっても、まだこうした記憶が忘れきれないでいたのかと情けなく、ひたすら阿弥陀仏を念じて、動揺する心をまぎらわそうといたしました。

祈りが聞かれたのか、近づいたと見えた松明の火も次第に遠のいていき、事なく終わりました。

その夜は昔のことがあれこれ思い出されて、さすがに暁方までまんじりともできませんでした。何かしらあの方に、今の自分のことが知られたような胸騒ぎがしてなりません。たったひとり、母にだけはもう一度逢い、安心させてやりたいとは思いますけれど、男君には今更、どのお方にもお逢いしたくありません。薫君さまには心からお詫びしたい気もいたしますが、今更そうしたところで、一度傷つけたお心が元にもどるわけでもなく、懺悔はみ仏にだけ朝夕至心にしていることが、尼となったわたくしにはいっそふさわしいのだと、自分自身に思いきかせるのでした。

次の朝早く、横川の僧都からお手紙が届きました。尼君が顔色を変えてこれはどういうことでしょうと、わたくしに見せた手紙には、

「昨夜、大将殿の御使者として、小君がそちらに伺いましたか。事情をお伺いし

まして、困ったことになったとかえって気おくれがしていると、姫君に申し上げてください。直接お目にかかって姫君に申し上げねばならぬことが多いのですが、今日明日は都合が悪いので、その後でお伺いします」

と、書かれています。わたくしは思わず顔色が変わり、胸がどきどきしてきました。

やはり、昨日の一行は薫君さまで、僧都に過去が知られ、薫君さまには生きていることが知れてしまったのかと辛く、尼君にはよくも今まで隠し通していたと恨まれそうで、どうしていいかわかりません。想い乱れておし黙っていると、

「これはいったいどういうことなのですか。ぜひ何もかも本当のことを打ち明けてください。いつまでも情けないほど他人行儀にしていらっしゃってお恨みに思います」

と怨じつづけ、おろおろ気を揉むのが気の毒です。

折も折、

「山から、僧都のお手紙を持って参上いたしました」

と案内を請う者があります。尼君はいっそうわけのわからない様子で、

「今度のこそ、たしかなお手紙なのでしょう」

とつぶやきながら、

「どうぞ、こちらへ」

と、使いを請じ入れました。わたくしはあわてて几帳のかげに逃げこみました。中からこっそり窺ってみると、入って来たのはきれいな上品な少年で、見るからに立派な衣裳をつけています。しばらく逢わない間に急に大きくなったのであやうく見違えるところでしたが、わたくしの末の弟ではありませんか。父こそ違え、同じ母の弟が何人かいましたが、この子は一番やんちゃで手を焼いたものです。でも、どの子よりもわたくしになつき、いつもまつわりついていました。母も一番可愛がっていました。尼君が円座を簾の中から簀子にさしだすと、

「このようなよそよそしいお扱いを受けるはずはない」と僧都はおっしゃいましたが」

など、一応小生意気な口をきくのが、わたくしにはおかしくなります。それにしてもわずか一年逢わない間になんとまあ、しっかりしてきたことでしょう。今は薫君さまにお仕えしているのかしらと想像されるにつけ、母君のことがしのばれます。なつかしくて、声をかけたい気持を抑えこみ、息をつめて様子を窺っておりました。

尼君が手紙を持ってきました。

「入道の姫君の御方に、山より」

として、僧都のお名をお書きになっています。これでは自分あてではないと言いのがれもできず、わたくしは困りはてて、いっそう奥の方へ逃げこみました。

「内気なのもこうまでなさると、情けなくなります」

尼君は苛々して、僧都の手紙を見せました。

「今朝、ここに大将殿がいらっしゃって、あなたの御様子を色々お訊きになりましたので、こちらもはじめからの一部始終をくわしくお話し申し上げました。それほど御愛情の深かった大将殿との御仲を背かれて、見苦しい山賤たちの中で出家なさいましたことは、かえって仏のお叱りをお受けになるにちがいなかろうと、拙僧は心配しております。出家してしまったことは今更いたしかたもありません。もともとの御夫婦の御縁を損なうことなく、大将殿の愛執の罪が消えるよう、還俗なさって、もう一度妻としてつくしておあげなさい。たとえ一日でも、出家したことの功徳ははかりしれないものですから、還俗してもなお安心して、今まで同様、仏の功徳におすがりなさるように。くわしくは、私自身がお目にかかって申し上げましょう。とりあえず、この小君からお話し申し上げることでしょう」

とあります。

紛れようもなく、はっきりお書きになっていらっしゃいますが、わたくし以外の人には、わけがわからないのも無理はありません。

「この方はどなたなのですか。ほんとになんてまあ情けない。今になってもまだ、どこまでも隠しだてなさるのだから」

と、尼君はすっかり怒っていられるのも仕方がありません。

胸が一杯になってほろほろ涙があふれてきます。

「かわいらしいこの方のお顔が、どこかあなたに似ていらっしゃるし、御姉弟なのでしょう。お話しなさりたいこともおありでしょうから、お部屋に入っていただきましょう」

と尼君がすすめますが、弟のほうでは今では死んだ者と思っているだろうし、こんな変わりはてた尼姿を見せるのも恥ずかしいので、

「わたくしがいつも隠し立てしているとおっしゃるのが辛くて、どうお話ししていいかわかりません。あの時、宇治で発見された時、どんなに情けない異様な姿をしていたことでしょう。正気を失って以来、すっかり魂なども別のものになったようで、どうしても昔のことが思い出せないのです。紀伊守とかいう人の世間話の中に、かすかに思い出されてくるような気もしましたが、それ以来、やっぱり何も思い浮かびません。ただひとり、母がわたくしのことを、なんとか人並に幸せにしようと心を砕いていてくれましたが、まだ生きていられるだろうかと、それればかり気がかりで悲しゅうございます。この使いの少年の顔は、もっと幼か

った時に見たような気がして、とてもなつかしいのですけれど、今となってはこういう人からも、わたくしはもう死んでしまった者として、今の姿を知られずに終わりとうございます。母君にだけは逢いとうございますが、僧都のお手紙にある男君などには決して今の自分を知られたくないのです。なんとか、人ちがいだったとでもおっしゃって、今後ともお隠しくださいまし」

と、必死にお願いしました。

「とてもそんなことはできませんよ。僧都は修行一途で真っ正直ですから、きっともう大将殿にすっかりお喋りになったと思います。言いつくろってみても、どうせ後でみんなばれてしまいます。第一、大将殿は、いい加減にあしらえるような御身分ではありませんし」

などいって、

「それにしても、あなたはなんという強情なお方でしょう」

などみんなで話しあい、母屋（もや）のはずれに几帳を立てて、そこへ小君を請じ入れてしまいました。

小君は殊勝らしい顔付きで、わたくしに直接話しかけるのは恥ずかしいのか、

「もう一通ことづかっているお手紙を、ぜひどうしてもさしあげたいのです。僧都はこちらにいらっしゃるとたしかにおっしゃいましたのに、こんなあやふやな

ことでは使いとしては困り入ります」

と伏し目になって殊勝らしく言います。尼君は、

「まあまあ、なんと可愛らしいこと」

などいって、

「お手紙を受けとられるお方はここにいらっしゃるようですよ。はたのわたくしたちにはどういう事情かさっぱりわかりませんので、あなたからもっと直接おっしゃってみてください。お若いのにこんなお使いをなさるだけのわけもおありなのでしょう」

というのを受けて小君は、

「あくまで他人行儀になさって、よそよそしくなさるのでは、何も申し上げようがありません。ただ、このお手紙は、直接お手渡しせよと申しつかってまいったものですから、ぜひともそうさせていただきたいのです」

と言いたてます。尼君は、

「ごもっともですとも。ほんとにもう、そんなに強情をおはりにならないでください。いくらなんでも恐ろしいお心ですこと」

とわたくしに向かっていいながら、わたくしを無理に几帳のそばに押しやるのでした。わたくしはもう夢心地でされるままに坐っていました。

小君はすぐそばに来て、お手紙を渡し、

「お返事を早くいただいて、帰りましょう」

と、恨めしそうにいいます。

お手紙にはなつかしい香がこの世のものと思えぬほど芳しくたきしめてあり、昔通りのあの御筆蹟で美しく書かれています。

「なんとも申し上げようもないほど、さまざまな罪深いあなたのこれまでのなさり方は、すべて僧都の徳に免じて許してさしあげるとして、今はせめてぜひとも、あの思いもよらないことの起こった当時の夢のような思い出話だけでもしたいと、あせる気持が、我ながらどうしたことかと思われるのです。まして他人からはどう思われることでしょう。

法の師とたづぬる道をしるべにて
思はぬ山にふみまどふかな
この小君をあなたは忘れてしまわれたでしょうか。わたしとしては行方知れぬあなたの形見として、身近に置いている人なのです」

など綿々と書きつらねてあるけれども、言いたいことは言いつくせないというもどかしさが行間にあふれていて、なつかしくも切なく、やっぱり、あの頃の密通や、失踪や、今度の出家などのすべてを、あの方は心の底では決して許してくださってはいないのだと想像されて、その場に泣き伏してしまいました。

尼君は返事を早くとせかしますが、

「今はとても気分が苦しくてたまらないので、よくなりましたら後でお返事をさしあげます。昔のことを思い出そうとしても、一向に何も浮かんで来ず、夢のような思い出話といわれても、どうしたことか、どんな夢だったのかと、納得ゆかないのです。もっと気持が落ち着きましたら、このお手紙の意味も理解できるかもしれません。今日のところはやはりこのままお持ち帰りくださいませ。もし、宛先違いででもあったら、こちらに取りこんではとても不都合なことになりましょう」

と手紙をそのまま尼君に押しかえしました。

「ほんとに不作法なひどいことをなさいますのね。あまり失礼なことをなさっては、お側のわたくしたちまでが、お咎め(とが)をこうむりましょう」

など、やいやい言うのがうるさく、もう聞きたくもありませんので、衣に顔をひき入れて伏せってしまいました。

尼君が聞こえよがしに、小君にくどくどいいわけする声が、伝わってきます。

「何か事情があるお方とはお察ししていたのですが、やはり、こんなさまざまなお気の毒な深い御事情がおありだったのですね。知らぬこととはいえ、ほんとに畏れ多いことをしてきました。何しろいつも物の怪がついて正気の時も少ないので僧侶が出家をおさせしたのですが、その後もほとんどずっと病気がちでいらしたところへ、今日は思いがけないことが降って湧き、いつもよりいっそうお心が乱れていらっしゃるようにお見受けいたします」

「わたくしはわざわざ使いにきて、一体、薫右大将さまになんとお返事をしたらいいのでしょう。せめて一言でも直接のお言葉をいただけますよう」

小君もしっかりと喰い下がっています。

尼君がそれをまたうるさく取り次いできますが、わたくしは耳を押さえたきり、かたくなに黙り通しました。まるで石のように。ほんとにもう、石になってしまえたらと思います。石になれば、辛い、悲しい、悩ましいなどいう感情もなく、人に気がねもなく、どんなに強情だ、非情だとののしられても聞かないですみましょう。

生きていたばっかりに出家してまで、こんな苦い想いを味わわされるのです。あの時死ねなかったのも、わたくしの運のつたなさのように思います。この庵にはもう年をとりすぎ、ほうけた老尼が三人ほどいます。

奥の部屋で真っ白になった髪をそそけさせ、昼も夜もうつらうつらして、ただ食べて排泄するだけの生き方です。夜ともなれば、やせた軀のどこから出るのかと思うような大いびきをかきあって、その恐ろしさ、浅ましさは、正視しかねます。ああなっても人は寿命が来ないと死なせてもらえないのです。一体、人間としてこの世に生まれてくるとはどういうことなのでしょう。人は何をしにこの世に送り出されるのでしょう。何をしたら、あの世に迎えとられるのでしょう。

父という人にさえ、子と認めてもらえなかったわたくしの出生そのものから、わたくしは人並以上の不幸を背負っているのかもしれません。

あれほど恋しかった匂宮さまとの想いがはかなく薄れ、不幸の元凶のように恨んでみるかと思うと、夢の中には、頼もしいと思い直した薫君さまではなく、やはり匂宮さましかあらわれないのは、どういう心のからくりなのでしょうか。人は自分の心の中さえ、しかとは見定めることができません。まして他人の心の奥などどうして正確に覗きみることができましょう。

出家させてくださった僧都さえ、今になって還俗をすすめられるのでは、何を頼りに仏を信じていけばいいのでしょう……。いいえ、わたくしは僧都の弟子にしていただいたとはいえ、それはこの世の方便で、わたくしの出家は、目に見えないみ仏という光に身も心も捧げる誓約だったのです。人の心は自分の心もふくめて信じられず、男女の愛など夢の浮橋よりもはかないものであっても、それをはかないものと見定めさせていただけたのは、やはりみ仏のお恵みなのかもしれません。

お経を読んでもひねもす経を写しても、空(むな)しい日は空しい想いに心が空白になることがあります。それでも、このうるさい好きになれない尼たちの中にまじって勤行(ごんぎょう)している時、ふっと、山奥に湧く泉のような清冽(せいれつ)なものが全身を流れる瞬間もあるのです。ああ、今、自分が潔(きよ)められたと思うその瞬間には、またとない至福の想いに心がうるおされています。

薫君さまのお手紙に対してどうしても、一言もお返事ができなかったのはなぜなのか、わたくしにはわかりません。

けれども心が少しでも落ち着いた今になって想い返せば、お返事をしないよう、何かがわたくしを制してくれたのではないでしょうか。そのほうがよかったのか、悪かったのか、わたくしにはわかりません。

けれども、すべてをみ仏にゆだねた今のわたくしは、自分の心に正直に従うことが、み仏のみ心に従っていると思われるのです。もしかしたら、あれもひとつの浮橋だったのではないでしょうか。男と女の間の恋もはかない浮橋なら、み仏に近づく橋も危うい浮橋で、油断したらいつふり落とされるかわからないか細い橋なのかもしれません。

長い長い今日の一日も過ぎていきました。終日興奮し通していた尼たちも、いつもより疲れたのか、ようやく寝静まっております。奥の部屋から、老尼のいびきが聞き苦しくふいごのうなるようにもれています。

小君のむなしい報告を受けてあの方はどんなお顔をなさったことやら。案外、了簡(りょうけん)のせまい所もあるお方なので、妙に気を廻して、こうまでかたくななのは、わたくしにかくし男でもできて、こっそりかくされているのではないかぐらいの想像をしていらっしゃらないともかぎりません。

あの方もこの方も、誰もすべてはみな、川の向こうの世界に住むはるかな昔の夢の中の人たちにすぎません。

これまで見えていたものが少しずつ見えなくなっていくにつれ、これまで見えなかったものが、ほのかにほのかに見えてくるような気もしてまいります。次第に光を増すはるかな夜空の星のように。

解説——恋の花ふぶき「宇治」の女人たち

田辺聖子

瀬戸内さん（と、呼ばせて頂こう。私などよりはるかに先輩であられ、かつ、輝やかしいキャリアから申しあげても、先生とか、氏とかお呼びすべきであるが、何しろあの親しみあるお人柄、読者を惹きつけてやまぬ強力な磁気を発するお作品の、なつかしい慕わしさ……から、どうしても心安だてに「さん」とお呼びしたくなる。瀬戸内さんにも読者諸氏にも、お許し願いたい）——の、『女人源氏物語』は、この巻五で完結する。この巻では紫の上に先立たれた光源氏の、失意と空虚の日々からはじまり、世に「宇治十帖」とよばれる、『源氏物語』の続篇ともいうべき、若い世代の恋物語がはじまる。情熱的な渇愛、きびしい自制的なプラトニック・ラブ、何とさまざまな恋が物語られることだろう。「宇治十帖」は一面、たいへん現代的な設定の、近代小説といってもよい物語なので、それが瀬戸内さんの手にかかると、永遠に古くて、永遠に新しい恋愛小説としてよみがえる。

若い読者の方には、もっとも共感される巻ではないかと思われる。

この『女人源氏』を通読して、ことに痛感するのは、文章の流麗にして明晰なことであろう。きわめて上質の、磨きぬかれた日本語が、細心の注意で択ばれているが、そこに、なんの苦渋のあともとどめない。

なめらかに、絹の手ざわりのような文章で目にこころよく、口誦しても、さぞ耳に入りやすいことであろう。美しい言葉というにとどまらず、わかりやすく明晰でもあり、物語の情趣はおのずと読み手の心に沁みてゆく。ベテランの筆さばきというべきであろうか。そうして紫式部の意図した物語の核心は、過不足なく読み手に伝わり、更に鮮明に、更に奥ふかく、読み手の心に彫りつけられてゆく。

尽きせぬ興趣に駆られ、ページをくるのももどかしく、一巻は一巻と読みすすむうちに、人の世の歳月と四季は流れ、哀歓はうつろい、恋のさまざまが絵巻物のようにくりひろげられてゆく。

五巻を読み終えて、読者はおのずと、ためいきを誘われ、

(『源氏物語』とはこういうおはなしであったのか……)

と思い入られる読者も多いことであろう。

ことに、全巻を女人のモノローグで統一されたというのは、瀬戸内さんの、全

く独創にかかるものであるが、心理描写の流れが自然であり、且つ、視点が散在することによって物語のテーマがより明確に顕ってくるという利点がある。それもごく自然な心のうごきであるので、読者は語り手に、なだらかにより添うことが出来る。そもそもが王朝の物語は、「語り手」と「聴き手」があって成立するものなので、女人のモノローグというのは、もっとも王朝物語の原流をなぞるものかもしれない。

さてこの五巻中の宇治の物語であるが、これは原典のはじめのほうは、昂揚と変化に乏しい、渋滞した部分が多く、原作者の筆は低迷している。原作者は正篇のあとを受けて、好評に応えるべく筆をおろしたものの、話の紡ぎかたにためらいがあり、登場人物の紹介にも迷いが多いようにみえる。（この部分のみに出てきてあとで消えてしまう人物も多いので、そういうのである）『源氏物語』の現代語訳を志す人は、かならず『宇治十帖』の最初の、散漫冗長に手を焼くのであるが、瀬戸内さんはそこを手際よく処理し、物語の核心に一気に突入される。

宇治にかくれ住む高貴な八の宮と、その美しい姉妹の姫君たち。

それに配するに、情熱的行動的な匂宮と、沈着で老成した薫の、二人の青年。大君を恋しながら、そして大君もそれに応える思いをかくし持ちながら、男は女人の精神の高貴を重んじて、ついに心と心の愛で終ってしまった二人。

互いに呼びあい、惹かれあいながら、さしのばした手は、ともすればすれちがう、理性と自制心がわざわいして、薫は初恋の人を手に入れることができなかった。この青年・薫の造型は、従来ではあまりロマンチックすぎ、女々しすぎて、現実ばなれした描写のように解釈されていた。

しかしそれは王朝ではあり得た人間像ではなかったろうか。出生の秘密におびえ、宗教で心を救われようとする青年は、女人の意志を無視し、思うままに振舞うことができない。

そういう性格は、かえって現代では説得力がある。私は、現代青年のうちに「薫」を見ることが多い。

女人の意志を重んずれば重んずるほど、求める幸福と遠くなってゆくという矛盾。この巻の「総角(あげまき)」では、そうした恋人を悲しくみつめる女の立場から大君が語っている。薫への愛の告白も、もはや、中有(ちゅうう)の闇にただよう身となってからである。世界を異(こと)にしてはじめて恋人たちの手はしっかりとむすび合わされる。なんという不毛な恋。

大君の心のうちが切々と説きあかされるのも、女人モノローグという形式を得て、はじめて可能な設定で、私たちはここで薄幸な恋人たちに涙をそそがずにはいられない。

しかし悲劇はなお、このあとに待ち受けていた。

読み手は大君を失い、また中君(なかのきみ)をも逸して、失意に打ちのめされる青年・薫に同情しないではいられない。ところがここに姫君たちの異母妹・浮舟(うきふね)が出現したことで、状況は緊張度を増す。

浮舟は亡き大君に酷似していた。

薫の喜びはいかばかりか、亡きひとが生き返ったような気がして、早速に浮舟を手に入れる。——このとき、私たち読み手は、今まで好意を抱き、共感していた薫に、何かしら、不協和音を感じてしまう。浮舟は父に認知されず、母に伴なわれて継父のもとで、東国の田舎(いなか)にさすらい生い立った女だった。都の貴人である薫とは、身分がたいそう違う。薫は身分低い浮舟に対しては、大君や中君といった皇族の血を引く姫君たちへの対応とことかわり、ずいぶん強引で恣意的である。さっさと宇治へ拉(らっ)し去って、隠し据えるのである。浮舟を愛しているように自分では思っているが、実は大君の形代(かたしろ)として愛しているのであった。

浮舟は女の直観でそれを知る。「夢浮橋(ゆめのうきはし)」は巻中でもことに力のこもったすぐれた章で、「浮舟のかたる」のなかに、浮舟の女心がくまなく照射される。身分いやしく、育ちも鄙(ひな)びて、姫君らしい教養も備わっていない、ということになっている浮舟だけれど、美しく愛らしく若い浮舟は、また、女のすこやかな、野性的生活力にめぐまれた娘だった。

薫とみせかけて押し入ってきた匂宮の情熱に押し流されてしまう。それは誠実だが謹厳な薫に向きあっていたときには、夢にも考えられない、解放された自分の一面。

しかし天性素直な浮舟は、薫を裏切っている呵責の念に苦しめられる。このあたりの浮舟の心理の彩は、瀬戸内さんの手によりいよいよ艶麗さを増す。

おいつめられた浮舟は宇治川へ身を投げようとする。日本文学の古典でくりかえし語られてきた、二人の男に懸想される一人の娘、というモチーフであるが、紫式部がありきたりの結末を用意するはずはない。果然、物語は劇的展開を遂げる。浮舟は死すべき命を長らえた。尊い聖とその家族の尼たちに助けられたのである。

浮舟は僧都に剃髪出家を願う。惜しがる人々をよそに、浮舟は今こそ、心から晴れ晴れする。男女の恋の妄執から救われたと思う。

一方、薫はふとしたことから浮舟の生きていることを知り、手紙を使者にことづける。浮舟はなつかしい薫の手蹟に心を動かされるが、ついに返事をせず、自分の弟である使者にも心強く会わず、追い返してしまう。

浮舟はなぜ、薫の手紙に返事を与えなかったのか。

「人の心は自分の心もふくめて信じられず、男女の愛など夢の浮橋よりもはかないものであっても、それをはかないものと見定めさせていただけたのは、やはりみ仏のお恵みなのかもしれません」

返事を書かぬよう、何かが浮舟を制してくれたのではあるまいか。浮舟の目はもう彼岸を見ている。俗世に返事を書かぬことこそ、大きな返事ではなかろうか。

「すべてをみ仏にゆだねた今のわたくしは、自分の心に正直に従うことが、み仏のみ心に従っていると思われるのです。もしかしたら、あれもひとつの浮橋だったのではないでしょうか。男と女の間の恋もはかない浮橋なら、み仏に近づく橋も危うい浮橋で、油断したらいつふり落とされるかわからないか細い橋なのかもしれません」

——このくだりはご自身、仏門に入っていられる瀬戸内さんならではの感懐であられるのだろう。男と女の煩悩を若い身で見つくしてしまった浮舟は、あたらしい自己解放をもとめて、み仏に近づく浮橋をえらぼうとしたのである。

しかし『源氏物語』の面白い小説たる所以(ゆえん)は、その浮舟を理解できない薫の心理が描かれることである。

あんなに今まで、宗教に理解のあるようなことをいい、自信もあったらしい薫が、浮舟の拒絶にあって、じつに通俗な反応を示す。かたくなな浮舟の態度は、どこかの男が、彼女をかくして囲っているからではないか、……と推量するのである。自分がそのかみ、浮舟をかくし据えていたように。——

ここまできて、男と女の立場は逆転し、清冽な貴公子・薫は卑陋な世俗びととなり、軽々しい浮かれ女、浮舟は真如の光をふりあおぐ高貴な存在となる。しかも、この直観力にめぐまれ、野性の叡知とでもいうべきものにみちた浮舟の、原典ではかくべつ書きとどめられてはいないのだけれど、薫に対する批判が、この『女人源氏』にはある。

「小君のむなしい報告を受けてあの方はどんなお顔をなさったことやら。案外、了簡のせまい所もあるお方なので……」

まさに痛棒をくらわす、とはこういうことであろう、「女」の直観と批判力が随所にひらめき、それが本書を力づよいものにしている。

そして、宇治川の川音を低音部にひびかせつつ、しずかにページは閉じられる。物語は俗世をつきぬけ、永遠に向いてひらかれ、読み手の心を高遠な次元にいざなうのである。

（たなべ・せいこ　作家）

※一九九二年刊、集英社文庫より再録

決定版解説——傍若無人なフェミニスト

島田雅彦

古代、大和(やまと)朝廷は各地に軍を派遣し、地方豪族を統治下に置いたが、征服された豪族は貢物として地方の特産物を献上するほか、忠誠の証(あかし)として娘を女官として天皇に献上していた。大宝律令以後は諸国の郡司などが一族の中から容姿端麗な娘を選び、後宮(こうきゅう)に送り、天皇に奉仕させた。天皇は大地の生産力と生殖力を独占する権力だった。光源氏(ひかるげんじ)自身は天皇に即位できなかったが、その素質と可能性はあったので、『源氏物語』を天皇が主人公の物語と読むことはできる。

『源氏物語』が執筆されたのは藤原(ふじわら)摂関家の黄金時代で、藤原道長(みちなが)が権力を思いのままに揮(ふる)っていた。彼らの権力の基盤は「天皇家との姻戚関係」である。一族の娘を天皇に嫁がせては、世継ぎを産ませれば、宮廷を一族の思いのままに操ることができる。道長は娘の彰子(しょうし)を一条(いちじょう)天皇に嫁がせ、世継ぎを産ませるために一条天皇を足繁(しげ)く彰子の寝室に通わせるために編み出したのが、「物語作戦」だった。才能豊かな紫式部(むらさきしきぶ)に、誰もが続きを読みたくなるような物語の量産を依頼した。『源氏物語』は、もちろん紫式部の稀有な才能がなければ生まれなかった作品だが、それだけでは十分ではなく、当時の先端産業であるところの製紙業を押さえているような実力者がバックについていなければ、とうてい書き続けられなかった。『源氏物語』は、現代の原稿用紙の枚数に換算すると、四百字詰めで二千五百枚ほどのボリュームを持つ。手漉き和紙の大きさには産地によってさまざまな規格があるが、一枚の紙を三回折り、八分割し、その一面に約二百字を書き込んでいたが、それが江戸期の『群書類従』の二百字詰め板木で定着することになったと思われる。

紫式部は自分が書いた物語を先ず彰子に読ませる。彰子が気に入ると、宮廷の女官たちのあいだで回し読みされて、「あの女はどうだ」とか「次はどうなるのか」とか、『源氏物語』の話題でひとしきり後宮が盛り上がる。まさに韓流ドラマにどっぷりハマった視聴者のように。やがて、後宮の騒ぎに一条天皇も興味をそそられ、中宮彰子の寝室に足を運ぶようになったので、この「物語作戦」は奏功したことになる。かくて、『源氏物語』は宮廷御用達のポルノグラフィとして千年以上もの長きに渡り、愛読されてきたのである。

『源氏物語』の内容は、序盤から不埒な部分を含んでいる。光源氏の実の母親は早くに亡くなり、父である天皇は後妻に藤壺の宮を迎える。源氏はこの藤壺を慕うあまり、関係を持ってしまう。結果、藤壺は身ごもり、男の子を産む。父君の妃を寝取り、次期天皇の父親になってしまうのだ。

また継母への執着は、その死後、彼女と瓜二つの少女を代わりに心の慰めとして手元に置き、妻にするという行動となって現れる。継母との不倫、十歳の女の子の誘惑は無論、現代の常識を思い切り逸脱しているが、光源氏は周囲の人間が呆気にとられるほどの「傍若無人な人物」として描かれている。同時に紫式部の筆は、不埒で女好きの光源氏を、「それこそが『雅』なのだ」とばかりに繊細、かつ大胆な表現を畳み掛けてくる。宮中の女官たちは光源氏の傍若無人な力業にうっとりしてしまう。

『源氏物語』は、「平安貴族たちの優雅な生活を描いた作品」などとたかを括っていると、火傷しかねないほど過激で、自由奔放だ。日本文学一千年のキーコンセプトたる「色好み」は光源氏のこの傍若無人なフェミニストぶりに集約されており、江戸期には井原西鶴が町人世之介の狼藉ぶりで、二十世紀には谷崎潤一郎がフェティシズムとマゾヒズムぶりで対抗しようとしたものの、本家本元の優雅なる野蛮にはやや及び腰になっている。

人間は何のために進化してきたのか、文明はどんな目的のために発展してきたのか、それを突き詰めて考えた場合、やはり行き着く先は求愛行動ということになる。恋こそが人の進化と文明の発展の原動力であったことは間違いない。孔雀(くじゃく)の羽根、ナイチンゲールの鳴き声、セイウチの牙など求愛に有利な特質は動物によって異なるが、その一点に特化した進化は目覚ましい。人間の求愛行動はより複雑に進化したが、その鍵を握っていたのが言語能力である。自分の種を残すことに直結する言葉の使い方を熱心に追求した結果、万葉集や古今和歌集、伊勢(いせ)物語や源氏物語など歌物語の中で交わされる和歌の技巧が磨き上げられていった。不思議なことに、中世においては、アラブ世界とヨーロッパには交渉があったが、東アジアはそれらの地域と隔絶されていたにもかかわらず、同時多発的に一方は恋愛詩、もう一方は和歌が洗練の極みに達していた。

恋愛詩はアラブ世界で修辞学の発展と共に独特の比喩表現が蓄積され、十字軍兵士らがその伝統をヨーロッパに輸入し、吟遊詩人によって各地に広まっていった。平安貴族が和歌を求愛の道具として用いるようになったのはヨーロッパでの恋愛詩の流行より百年ほど早い。中世は詩人が最もモテた時代であるが、気の利いた詩の一つでも贈与しないことには御簾(みす)や窓も開けてくれないし、顔も見せてもらえなかった。もちろん詩を贈与された女もそこに仄(ほの)めかされた意味や凝らされた技巧を読み取り、知性と教養の証明になるような返歌をしなければならず、結果的に極めて高度な駆け引きとなった。

求愛に詩や和歌を用いる伝統はもちろん現代にも踏襲されている。シンガーソングライターや軽音楽部員に平安貴族のＤＮＡが受け継がれているのだろう。現代の流行歌(はやりうた)の八割が恋の歌、Ｊ-ＰＯＰ限定ならその割合は九十七パーセントに達するという。ちなみに明治時代に遡ると、わずか七パーセントだったという。ただ、この統計は女性の好みに偏っていることは指摘しておかなければならない。戦争も政治も経済も男が権力を揮いたがるジャンルだが、恋愛は女性がイニシアチブを握る。いくら男がカネや権力、地位に物をいわせたところで、思うようにはいかないのが恋愛であって、女が選(え)り好(ごの)みをする権利を持つ限り、その主導権は女にあるに決まっている。

　猿山では一番力の強い雄がボスになるが、必ずしも武の力だけが有効というわけでもなく、子どもの面倒見がいいとか、年長の雌に優しい、また同性との関係も良好といった、群れ内部での立ち居振る舞いも重要で、とりわけ乱婚が観察されるチンパンジーの群れなどでは、そうした振る舞いが交尾回数に関係してくるのだという。要するに群れの中の半数を占める雌の人気を得やすく、同性にも愛される特質こそが重要なのである。美貌と体力を兼ね備えながらも、マッチョではなく、男も惚(ほ)れる行動力とガールズトークの輪にも自然に入っていける女子力を併せ持ってこそ、光源氏の頭上にオーラが輝く。

恋を通じて他者の生き方を臨機応変に許容する姿勢は、『源氏物語』において一貫している。狩猟採集系の原住民と農耕系の渡来人の融和を図ることで、天皇家は代々存続してきた。その末裔(まつえい)である光源氏は、恋愛を通じて平和共存を実現する主体でなければならない。

女たらしの東西比較をやった場合、光源氏の対極には、やはりドン・ファンが来る。ドン・ファンは狩猟民族で、いうなれば戦争を通じて他部族を征服し、略奪してきた歴史背景から生み出された。ドン・ファンにとって女性とは、基本的に〝狩りの獲物〟だった。ドン・ファンが女性に対して紳士的・騎士的に振る舞うのは口説く瞬間のみで、目的を達成したら、次の獲物に向かう。一夜限りの関係ゆえ、結婚など一度たりとも考えたことはない。彼は、女はスカートさえはいていればよく、夏は痩せていて、冬は太っているほうがよいと嘯(うそぶ)くくらいなので、交わった女の数ではドン・ファンの方が圧倒的に多い。

アフターケアの点に関しては、光源氏に軍配が上がる。田畑を入念に管理し、五穀豊穣(ごこくほうじょう)を祈願するように、女性たちを大事にケアする農耕民族の特性の反映が見られる。それまで光源氏がつき合ってきた女性たちは基本、光源氏を恨まない。もてる男の最大の条件とは何か？　それは女の恨みを買わないことだ。男同士酒場で、もてる男の条件を話し合うと、大体、逸物(いちもつ)の大きさとか、これまで何人の女とセックスしたかといった話になる。自分が仕留めた獲物を並べて自慢する感覚に近い。世の男の多くはプチ・ドン・ファンを気取りたがる。女を狩り、その成果を自慢するドン・ファンは、女たちの恨みだけではなく、男たちの嫉妬も買う。自分の恋人や妻を寝取られた男は復讐として、その女たらしに決闘を申し込むという方向に必ず向かうので、長く同じ場所に止まっていることはできず、常に足取り軽く逃げ続けなければならない。逃げ足が鈍った時が地獄に落ちる潮時となる。その意味で、ドン・ファンには、キリスト教的道徳に徹底的に反抗するという「アンチ・キリスト」的なイメージが付いて回る。

　それに対し、光源氏の場合は、不思議と男との友愛関係を維持し続ける。光源氏は女性が生み出したキャラクターであり、「女性が憧れる理想の男性像」を体現している。今までつき合ってきた女性全員を自分が建てたハーレム（六条院）に住まわせる。女性同士がみんな仲良くなれなければこうはいかない。もてる男の条件として、最も難しいのは、自分がつき合った女たちが、その女たち同士で仲良くなれるということである。過去に関係を持った女性全員を自分の誕生日に呼び、和気あいあいとした雰囲気をつくり出すという奇跡を光源氏は平然とやってのける。不平が出ないよう公平に女性たちと接し、またそのプライドを最大限、尊重し続けないと、このような芸当はなし得ない。

光源氏に当てはまることは、全て本シリーズの作者瀬戸内寂聴にも当てはまる。ここまで書いてきた文章の主語を、光源氏から瀬戸内寂聴に変えても、三分の二は通る。自身、奔放な恋愛経験を持ち、世間を敵に回し、スキャンダルに塗れながらも、出家以後は不犯を守り、世の全ての恋する男女の守護神たろうとした瀬戸内寂聴だが、生涯を通じ、平和主義者としての活動を続けたことを忘れてはならない。「色好み」の伝道と平和維持活動は表裏一体である。ラブ&ピースは『源氏物語』以来、日本の精神構造の柱になっているのであって、それに忠実である者は外患にたぶらかされ、売国に走るような真似は決してしない。

（しまだ・まさひこ　作家）

本書は、一九九二年十二月、集英社文庫より刊行された『女人源氏物語　第五巻』を『決定版　女人源氏物語五』と改題し、再編集しました。

単行本　一九八九年八月　小学館刊

本文デザイン／アルビレオ

集英社文庫　目録（日本文学）

瀬川貴次　暗夜鬼譚　夜叉姫恋変化
瀬川貴次　ばけもの好む中将 七　花鎮めの舞
瀬川貴次　暗夜鬼譚　血染雪乱
瀬川貴次　ばけもの好む中将 八　恋する舞台
瀬川貴次　暗夜鬼譚　紫花玉響
瀬川貴次　ばけもの好む中将 九　真夏の夜の夢まぼろし
瀬川貴次　暗夜鬼譚　五月雨幻燈
瀬川貴次　ばけもの好む中将 十　因果はめぐる
瀬川貴次　暗夜鬼譚　空蟬挽歌〈前〉〈中〉〈後〉
瀬川貴次　ばけもの好む中将 十一　秋草尽くし
瀬川貴次　暗夜鬼譚　狐火恋慕
瀬川貴次　ばけもの厭ふ中将　戦慄の紫式部
瀬川貴次　暗夜鬼譚　綺羅星群舞
瀬川貴次　紫式部と清少納言　二大女房大決戦
関川夏央　石ころだって役に立つ
関川夏央　「世界」とはいやなものである　東アジア現代史の旅

関川夏央　現代短歌そのこころみ
関川夏央　女流　林芙美子と有吉佐和子
関川夏央　おじさんはなぜ時代小説が好きか
関口尚　プリズムの夏
関口尚　君に舞い降りる白
関口尚　空をつかむまで
関口尚　ナツイロ
関口尚　はとの神様
関口尚　明星に歌え
関口尚　虹の音色が聞こえたら
瀬戸内寂聴　私小説
瀬戸内寂聴　女人源氏物語　全5巻
瀬戸内寂聴　あきらめない人生
瀬戸内寂聴　愛のまわりに
瀬戸内寂聴　寂聴　生きる知恵　法句経を読む
瀬戸内寂聴　一筋の道

瀬戸内寂聴　寂庵浄福
瀬戸内寂聴　寂聴巡礼
瀬戸内寂聴　晴美と寂聴のすべて 1（一九二二～一九七五年）
瀬戸内寂聴　晴美と寂聴のすべて 2（一九七六～一九九八年）
瀬戸内寂聴　わたしの源氏物語
瀬戸内寂聴　寂聴源氏塾
瀬戸内寂聴　寂聴仏教塾
瀬戸内寂聴　まだもっと、もっと　晴美と寂聴のすべて・続
瀬戸内寂聴　わたしの蜻蛉日記
瀬戸内寂聴　寂聴辻説法
瀬戸内寂聴　ひとりでも生きられる
瀬戸内寂聴　求愛
瀬戸内寂聴・美輪明宏　ぴんぽんぱん　ふたり話
瀬戸内寂聴　決定版　女人源氏物語　一～五
曽野綾子　アラブのこころ
曽野綾子　人びとの中の私

集英社文庫　目録（日本文学）

曽野綾子　辛うじて「私」である日々
曽野綾子　狂王ヘロデ
曽野綾子　観月観世 或る世紀末の物語
平安寿子　恋愛嫌い
平安寿子　風に顔をあげて
平安寿子　幸せ嫌い
高倉健　あなたに褒められたくて
高倉健　南極のペンギン
高嶋哲夫　トルーマン・レター
高嶋哲夫　M8 エムエイト
高嶋哲夫　TSUNAMI 津波
高嶋哲夫　原発クライシス
高嶋哲夫　東京大洪水
高嶋哲夫　震災キャラバン
高嶋哲夫　いじめへの反旗
高嶋哲夫　交錯捜査 沖縄コンフィデンシャル
高嶋哲夫　ブルードラゴン 沖縄コンフィデンシャル
高嶋哲夫　富士山噴火
高嶋哲夫　楽園の涙 沖縄コンフィデンシャル
高嶋哲夫　レキオスの生きる道 沖縄コンフィデンシャル
高嶋哲夫　バクテリア・ハザード
高杉良　管理職降格
高杉良　小説 会社再建
高杉良　欲望産業(上)(下)
高瀬隼子　犬のかたちをしているもの
高梨愉人　二度目の過去は君のいない未来
高野秀行　幻獣ムベンベを追え
高野秀行　巨流アマゾンを遡れ
高野秀行　ワセダ三畳青春記
高野秀行　怪しいシンドバッド
高野秀行　異国トーキョー漂流記
高野秀行　ミャンマーの柳生一族
高野秀行　アヘン王国潜入記
高野秀行　怪魚ウモッカ格闘記 インドへの道
高野秀行　神に頼って走れ！ 自転車爆走日本南下旅日記
高野秀行　アジア新聞屋台村
高野秀行　腰痛探検家
高野秀行　辺境中毒！
高野秀行　世にも奇妙なマラソン大会
高野秀行　またやぶけの夕焼け
高野秀行　未来国家ブータン
高野秀行　謎の独立国家ソマリランド そして海賊国家プントランドと戦国南部ソマリア
高野秀行　恋するソマリア
高野秀行 清水克行　世界の辺境とハードボイルド室町時代
高野秀行 清水克行　辺境の怪書、歴史の驚書、ハードボイルド読書合戦
高野麻衣　F ショパンとリスト
高橋一清　編集者魂 私の出会った芥川賞・直木賞作家たち
高橋克彦　完四郎広目手控

集英社文庫 目録（日本文学）

高橋克彦　天狗殺し　完四郎広目手控Ⅱ
高橋克彦　いじん幽霊　完四郎広目手控Ⅲ
高橋克彦　文明怪化　完四郎広目手控Ⅳ
高橋克彦　不惑剣　完四郎広目手控Ⅴ
高橋源一郎　ミヤザワケンジ・グレーテストヒッツ
高橋源一郎　競馬漂流記　では、また、世界のどこかの観客席で
高橋源一郎　銀河鉄道の彼方に
高橋千劔破　江戸の旅人　大名から逃亡者まで30人の旅
高橋三千綱　和三郎江戸修行　脱藩
高橋三千綱　和三郎江戸修行　開眼
高橋三千綱　和三郎江戸修行　愛憐
高橋三千綱　和三郎江戸修行　激烈
高橋三千綱　少年期「九月の空」その後
髙橋安幸　根本陸夫伝　プロ野球のすべてを知っていた男
高見澤たか子　「終の住みか」のつくり方
高村光太郎　レモン哀歌―高村光太郎詩集

高山羽根子　カム・ギャザー・ラウンド・ピープル
瀧羽麻子　ハローサヨコ、きみの技術に敬服するよ
瀧本哲史　読書は格闘技
武井照子　あの日を刻むマイク　ラジオと歩んだ九十年
竹内真　粗忽拳銃
竹内真　カレーライフ
武内涼　はぐれ馬借
武内涼　はぐれ馬借疾風の土佐
武田綾乃　バブル
武田晴人　談合の経済学
竹田真砂子　牛込御門余時
竹田真砂子　あとより恋の責めくれば　御家人大田南畝
竹田真砂子　白春
竹田津実　獣医師の森への訪問者たち
竹田津実　獣医師、アフリカの水をのむ
竹林七草　お迎えに上がりました。　国土交通省国土政策局幽冥推進課

竹林七草　お迎えに上がりました。　国土交通省国土政策局幽冥推進課2
竹林七草　お迎えに上がりました。　国土交通省国土政策局幽冥推進課3
竹林七草　お迎えに上がりました。　国土交通省国土政策局幽冥推進課4
竹林七草　お迎えに上がりました。　国土交通省国土政策局幽冥推進課5
竹林七草　ホラー作家八街七瀬の、伝奇小説事件簿
竹林七草　お迎えに上がりました。　国土交通省国土政策局幽冥推進課6
竹林七草　お迎えに上がりました。　国土交通省国土政策局幽冥推進課7
嶽本野ばら　エミリー
嶽本野ばら　十四歳の遠距離恋愛
太宰治　人間失格
太宰治　走れメロス
太宰治　斜陽
田崎健太　真説・長州力　1951-2018
田崎健太　真説・佐山サトル　タイガーマスクと呼ばれた男
田尻賢誉　木内語録　甲子園三度優勝の極意
多田富雄／柳澤桂子　露の身ながら　往復書簡 いのちへの対話

集英社文庫　目録（日本文学）

多田富雄　寡黙なる巨人
多田富雄　春楡の木陰で
多田容子　柳生平定記
多田容子　諸刃の燕
橘玲　不愉快なことには理由がある
橘玲　バカが多いのには理由がある
橘玲　「リベラル」がうさんくさいのには理由がある
橘玲　文庫改訂版　事実VS本能　目を背けたいファクトにも理由がある
田中慎弥　共喰い
田中慎弥　田中慎弥の掌劇場
田中啓文　ハナシがちがう！　笑酔亭梅寿謎解噺
田中啓文　ハナシにならん！　笑酔亭梅寿謎解噺2
田中啓文　ハナシがはずむ！　笑酔亭梅寿謎解噺3
田中啓文　ハナシがうごく！　笑酔亭梅寿謎解噺4
田中啓文　茶坊主漫遊記
田中啓文　鍋奉行犯科帳
田中啓文　鍋奉行犯科帳　道頓堀の大ダコ
田中啓文　ハナシはつきぬ！　笑酔亭梅寿謎解噺5
田中啓文　鍋奉行犯科帳　浪花の太公望
田中啓文　鍋奉行犯科帳　京へ上った鍋奉行
田中啓文　鍋奉行犯科帳　お奉行様の土俵入り
田中啓文　鍋奉行犯科帳　お奉行様のフカ退治
田中啓文　鍋奉行犯科帳　猫と忍者と太閤さん
田中啓文　鍋奉行犯科帳　風雲大坂城
田中啓文　浮世奉行と三悪人
田中啓文　俳諧でぼろ儲け　浮世奉行と三悪人
田中啓文　鴻池の猫合わせ　浮世奉行と三悪人
田中啓文　えびかに合戦　浮世奉行と三悪人
田中啓文　ジョン万次郎の失くしもの　浮世奉行と三悪人
田中啓文　大塩平八郎の逆襲　浮世奉行と三悪人
田中啓文　さもしい浪人が行く　元禄八犬伝　一
田中啓文　天下の豪商と天下のワル　元禄八犬伝　二
田中啓文　歯嚙みする門左衛門　元禄八犬伝　三
田中啓文　天から落ちてきた相撲取り　元禄八犬伝　四
田中啓文　討ち入り奇想天外　元禄八犬伝　五
田中啓文　十手笛おみく捕物帳
田中啓文　医は仁術というものの　十手笛おみく捕物帳　二
田中優子　世渡り万の智慧袋　江戸のビジネス書が教える仕事の基本
田辺聖子　花衣ぬぐやまつわる…(上)(下)
田辺聖子／工藤直子　古典の森へ　田辺聖子の誘う
田辺聖子　夢渦巻
田辺聖子　鏡をみてはいけません
田辺聖子　楽老抄　ゆめのしずく
田辺聖子　セピア色の映画館
田辺聖子　姥ざかり花の旅笠　小田宅子の「東路日記」
田辺聖子　夢の櫂こぎ　どんぶらこ
田辺聖子　愛を謳う
田辺聖子　あめんぼに夕立　楽老抄II

集英社文庫

決定版　女人源氏物語　五

2024年２月25日　第１刷　　定価はカバーに表示してあります。

著　者　瀬戸内寂聴

発行者　樋口尚也

発行所　株式会社　集英社

東京都千代田区一ツ橋2-5-10　〒101-8050

電話　【編集部】03-3230-6095

【読者係】03-3230-6080

【販売部】03-3230-6393（書店専用）

印　刷　図書印刷株式会社

製　本　図書印刷株式会社

フォーマットデザイン　アリヤマデザインストア　　マークデザイン　居山浩二

ISBN978-4-08-744617-3 C0193